Matthias Stührwoldt wurde 1968 geboren und lebt mit seiner Frau und seinen fünf Kindern im schleswig-holsteinischen Stolpe. Er ist Bauer und Schriftsteller zugleich und bewirtschaftet einen 107 ha großen Biohof. In seinen fantasievollen Kurzgeschichten und Erzählungen beschreibt er sein Leben und seinen Alltag auf dem Land mit unerschütterlichem Humor. Seine hochdeutschen Bücher und Hörbücher heißen »Verliebt Trecker fahren«, »Schubkarrenrennen« oder aber »Nützt ja nix« und »Ein Bauer erzählt« (alle erschienen im ABL Verlag GmbH, www.bauerstimme.de). Plattdeutsch ist von ihm bisher als Buch und Hörbuch »Schnack vernünfti mit mi ...« im Quickborn-Verlag erschienen.

Matthias Stührwoldt

Lever he
as ik!

Quickborn-Verlag

Alle Rechte, insbesondere der Vervielfältigung, der Übersetzung,
der Dramatisierung, der Rundfunkübertragung, der Tonträgeraufnahme,
der Verfilmung, des Fernsehens und des Vortrages, auch auszugsweise,
vorbehalten.

Die plattdeutsche Schreibweise des Autors
wurde unverändert übernommen.

ISBN 978-3-87651-359-1

© Copyright 2011 by Quickborn-Verlag, Hamburg
Umschlagfoto: Katrin Schmitt
Gesamtherstellung: CPI – Clausen & Bosse GmbH, Leck
Der Umwelt zuliebe
auf chlorfrei gebleichtem Papier gedruckt.
Printed in Germany

Inhalt

Titti haam!	7
Schleden Föhren achtern Trecker	9
De Wiehnachtschor	11
Tieren ümjagen	13
John Lennon un ik	16
Heringsangeln	19
De Klüten Gottes	21
Essen Sie uns arm!	23
De plattdütsche Koh	25
Kohnamens	27
Grasbultenhüppen	29
Köh drieven	32
Winterdag	36
Dat Kotzbecken	38
De Pissrinn	40
Selektive SMS	42
Lever he as ik	44
Över dat Titelblatt	46
Optellen	49
De Dörchfall	52
Carla schlöppt	54
De Eifersucht	57
De Pulswarmer	60
De Verafscheedung	62
De Afdanzball	64
Unsen Transit	68

De Bank	70
Mien Schatz, dat unbekannte Wesen	73
Dirgie de Timmermann	76
Thermodiebstahl	78
De Osterdeko	80
Lingelang	82
Luxus	84
De Stammgast	86
De Verdauung	88
Vadder sien Krückstock	90
Buer spelen	92
Ole un junge Buern	95
De Pandbuddelschreck vun Stolpe	98
Vadder	101

Titti haam!

Mien Mudder hett mi lang stillt, aver ok nich so lang, as se in uns Dörp vertellt. Dar gifft dat nämlich dat Gerücht, dat mien Mudder in de grote Paus jümmer in de Stolper Grundschool komen is, üm mi de Bost to geven. Dat stimmt aver nich. Nich mol dat stimmt, un manche Lüüd vertellt sogor, Mudder weer noch nah Plön föhrt, üm mi to foddern, as ik al int Gymnasium weer. Aver dat is Quatsch, quatscher as Quatsch.
Mudder weer veel fröher dröög. Wiss, se hett mi noch stillt, dar weer ik al över anderhalv Johr olt. Aver denn möss ik int Krankenhuus, ik harr een Bruch un möss operiert warrn. So keem ik nah Kiel in de Klinik. Mien Öllern hebbt mi dar afgeven, un denn weern se weg un ik dörpte ehr nich mehr sehn. Darmols kunnen de Mudders noch nich mit in de Krankenhüüs. Dat harr sowieso nich gahn, Mudder möss ja melken. So dörpten Mudder un Vadder mi af un to dörch de Spegelschiev ankieken, ob ik noch ant Leven weer, aver ik dörpte se nich sehn, sünst harr ik ja dat Blarren anfungen un harr womöglich nich wedder opholen.
Ik kann mi dar nich op besinnen, aver dat weern wohl de schlimmsten Daag in mien Leven. Mit een Mol weern mien Öllern weg, un ik wüss nich, worüm. Un ik kreeg keen Muddermelk mehr. Eens

kann ik ju vertellen: Dat weer een ganz kolen Entzuch. De Krankenschwestern wulln mi foddern, aver ik lang blots jümmer nah ehre Bosten hin un blarr: »Titti haam! Titti haam!« Ik kann dar nix vör, so hett dat nu mol in unse Familie heten. Un de Krankenschwestern kunnen oder wullen mi nix geven. Ik weer meist verhungert.

Un as mien Öllern nah dree Weken endlich keemen, üm mi aftoholen, dar heff ik mi erst so dull an Mudder klammert, dat se mi nich mol antrecken kunn. Un denn entsinn ik mi an ehre Bost, un ik pack dat Ding ut un dock mi an un fang an to sugen – aver dar weer nix mehr bin. Mudder weer dröög, un ik möss anfangen to eten. Dat heff ik denn ok doon, wo man sehn kann. Widerwillig twars toerst, aver ik harr ja keen annere Wahl.

Weer ik darmols nich int Krankenhuus komen – wokeen weet, villich harr Mudder mi hüüt jümmer noch stillt ...

Schleden föhren achtern Trecker

Mien Öllern hebbt in ehr Leven jümmer arbeit. Wiss, se harrn bestimmt ok ehren Spoß, aver de meiste Tiet hebbt se arbeit. Mien Broder un ik, wi harrn dat goot in uns Kinnertiet; uns Öllern hebbt uns goot versorgt, aver Tiet harrn se nich veel för uns. Ton Bispeel hett mien Vadder uns nie nich trocken, he op den Trecker, wi op de Schledens. Dat geev dat bi uns nich. Een Trecker weer to arbeiten dar, nich ton Spoß hebben.

Schleden föhren achtern Trecker, dat heff ik erst kennen lehrt, as ik bi Marc Hinsch ton Geburtsdag inlaadt weer. Dat weer in Winter; dar leeg Schnee, un Hinschi harr op de Inladungskort schreven, ik schull een Schleden mitbringen. Op de Geburtsdagsfier weern wi villich teihn Jungs, all mit een Schleden, un denn hett Herr Hinsch all de Schledens tosamen tüdelt un achter sien lüttsten un öltsten Trecker bunnen; dat weer een Schlüter mit villich veertig PS, un he hörte op den Nomen »Oma«. Un denn güng dat los.

Wat weer dat för een Spoß! Herr Hinsch is all de lütten Feldwege afföhrt, mit Vullgas. Dat weern bi Oma villich 25 km/h, aver för uns weer dat gau noog. Un wenn dat um de Kurv güng, denn schleuder de Rottensteert ut Schledens achter Oma rüm; dar möss man oppassen, dat man nich vun den Weg afkeem. An spoßigsten, aver ok an schworsten weer dat för den letzten Jung op den letzten Schleden, de föhr jümmer den gröttsten Bogen un möss jümmer gegenan lenken, üm mich in Knick to landen un sik dat Muulwark in de Dornen op to rieten. Jeder wull mol letzter ween, un so tuschen wi eenmol ganz dörch, bit de erste de letzte weer un ümgekehrt, un as wi opletzt wedder bi Hinsch op den Hof ankeemen, dar weern wi koolt un hungerig. Aver bi Hinschi int Huus weer dat warm, un dat geev Koken un Kakao. Dat weer so schön, wo wi langsam wedder warm worrn sünd, bi Hinschi opn Geburtsdag vör villich dörtig Johren.

Nu, hüttodags, bün ik Buer un Hinschi is Immobilienmakler in Köln oder so. Wiet weg jedenfalls. Herr Hinsch is al lang doot, aver wo he uns trocken hett, darmols, op den Geburtsdag vun sien Söhn, dat heff ik nich vergeten. Un ok wenn ik oft veel to doon heff op den Hof un den ganzen Zeddel vull mit Arbeit – wenn Schnee liggt, nehm ik mi jümmer de Tiet, de Kinner to trecken, ik op den Trecker, se op de Schledens. So hört sik dat, un so veel Spoß mutt ween.

De Wiehnachtschor

Wenn mi eener fragt, wat miene schönste Erinnerung an Wiehnachten is, denn mutt ik nich lang överleggen. Dat is dat Singen vun den Wiehnachtschor in mien School in Plön, an letzten Schooldag vör de Wiehnachtsferien.
Dar geev dat keenen Ünnerricht mehr. Man keek Filme oder de Lehrer lees Geschichten vör, un in de ganze School röök dat an düssen Dag nah Kerzen un Koken. Un ok wenn wi merrn in de Pubertät weern un eegentlich ganz harte Jungs, so weern wi doch nich unempfänglich vör düsse so gräsig wohlige Wiehnachtsstimmung. In Französischünnerricht bi Max-Otto Schmok sungen wi französische Wiehnachtsleder, »Petit Papa Noel, quand tu descendras du ciel, avec de jouets pars milliers, n'oublie pas mon petit soulier«, un so wieder, un so fort, un Max-Otto stünn vör de Klass un dirigier uns. Un denn keem de Wiehnachtschor.
In de School geev dat keene Halle, wo all de Schölers rinpassen, also seten all de Klassen in ehre Klassenzimmer un mössen ganz liesen ween, un denn wörrn all de Dören open mookt. De Schoolchor stünn denn ünnen vör't Lehrerzimmer un sung siene Leder, un düsse so wunnerbore Klang hallte dörch de ganzen dree Stockwarke vun uns ole School un krööp an de Wännen lang över dat Foot-

böönmosaik dörch de Gänge över de Treppen dörch de Dören in unse Ohren un denn in unse Harten un möök uns ganz still un lütt un ehrfürchtig, wenigstens för een paar Minuten.

All de Partydeerns, all de Heavy-Metal-Jungs seten dar un lauschten nah buten, in den Korridor, nah den Chor hin, un ik keek nah Lemmi hin, den härtesten vun uns all, den wildesten Partyjung, un ik kunn genau sehen, dat he Tranen in de Ogen harr. He weer total ergrepen, as wi all, vun den wunnerschönen Gesang vun unsen Schoolchor in Plön. Dat is nu dörtig Johr her, aver ik weet dat noch genau. Ik heff den Duft in de Nees, un ik heff den Klang int Ohr. Ik warr dat nie nich vergeten.

Tieren ümjagen

As ik een Jung weer, dar möss ik oftmols opn Hof hölpen. Dat weer aver nich schlimm. As mien Broder in de Lehr keem – he möss jeden Dag nah Kiel in de Bank – dar weer he sössteihn un ik weer ölben. Un ik möss siene daglichen Opgaven opn Hof övernehmen. Dat weer denn so: nahmeddags halvig veer Köh. Bullen un Jungtieren foddern, erst mit Schrot, denn mit Heu oder Stroh. Denn möss ik Stroh un Heu vun Böhn rünner schmieten un int Sommerhalvjohr de Köh vun de Koppel holen, dat mien Öllern ehr melken kunnen. Dat weer mien normale Arbeit, villich eene Stünn an Dag. Darto keem denn noch Steen sammeln oder Heu un Stroh afladen, in de Oorn. Un af un to Tieren ümjagen. Machmol Köh, machmol Jungtieren, machmol ok Schwien.
Darbi möss ik al mitmoken, as ik noch richtig lütt weer. Darmols harrn wi noch Mastschwien, un de mössen, wenn se grötter un fetter wörrn, oftmols vun een Stall nah den annern quer övern Hof ümjagt warrn. Dar mössen denn all de Lüüd mit hölpen. Mudder hett sogor Oma un Opa darför afhoolt. Un de Öster wulln ja erst nich ut ehre Boxen rut, un denn löpen se so tüffelig övern Hof un quieken un grunzen so blöd, un dar weer jümmer een Schwien, de den Weg nich finnen kunn, wiel he

keen Bregen harr. Vadder sä jümmer, bi dat Schwien hett Mudder sik den Bregen al vört Schlachten braat, aver ik weet nich, ob dat stimmt. Wat hett dat machmol duert, bit wi dat eene blöde Schwien ohn Bregen in den annern Stall harrn. Oftins keemen de annern al wedder trüch. Un ik harr jümmer Angst vör de Schwien. Denn Vadder sä jümmer: »In Schwienstall dörpst du nich ümkippen oder toschlopen. De Öös freet di op! Bi Seebarg, dar harr een Buer een Hartinfarkt in Schwienstall, denn hebbt de Schwien opfreten. Blots de Gummistebeln hebbt se nahlaten!« Oh, wat harr ik jümmer Angst, in Schwienstall ümtokippen.

Un af un to mössen wi Jungtieren ümjagen, in Depenau, int Moor, vun een Koppel nah de anner hin. Dat weer jümmer een besünnern Spoß. Frünnen vun mien Broder un mi mössen darbi hölpen. Unse beiden Depenauer Koppeln weern villich achthunnert Meter uteenanner. Wi mössen de Tieren lang een Redder drieven, op jede Siet vun den Weg weer also een Knick. Aver nich överall, denn an jede Koppel an den Redder geev dat een oder twee Hecklöcker in Knick. Dar dörpten de Tieren natürlich nich rin, aver Tieren, de dar nich rin schüllt, hebbt komischerwies jümmer dat Verlangen jüst darnah. Twars harr Vadder de Hecklöcker jümmer vörher mit Sacksband afsparrt, aver dat weer de Tieren meist egol. Also harrn mien Broder un ik (un unse Kumpels, wenn denn welk darbi weern) eene besünnere Opgaav. Mien Vadder güng vör de Tieren vörweg, Mudder höögte achteran, un Udo un ik mössen in de Hecklöcker stahn un oppassen, dat de Tieren nich dörchlepen, un wenn se vörbi weern, mössen wi jeder op siene Siet vun den Weg achtern Knick vörlopen bit nah dat nächste Heckloch hin, üm wedder optopassen. Dat weer richtig Sport, dat kann ik ju vertellen. Aver meistens hett dat recht goot klappt. Jümmer weer dar een Tier darbi, dat to blöd weer, üm lang den Weg to lopen, jümmer weer dar een darbi, de in jedet Hecklock rinkieken möss. Eenmol is an miene siet een Tier afhaut. Un denn leep mien Vadder dar achteran, üm dat Tier wedder intofangen. Un ik weet noch, wo ik staunt heff, wo dull mien Vadder noch lopen kunn mit Ende Veertig, mit siene kotten Been un sien dicken Buuk. Dat schwabbel un wabbel all an em rüm, aver he hett dat Tier kregen. Dat hett darmols würklich Indruck op mi mookt.

Dat is nu över dörtig Johren her. Hüüt löppt mien Vadder blots noch ganz langsam, an Stock oder an Rollator. Darför schwabbelt un wabbelt dat nu bi mi jüst so as bi em darmols. Aver ik heff noch jedet Tier kregen. Ik kann lopen. Noch.

John Lennon un ik

Ik glööv, ik weer negen Johr olt, dar bün ik Beatles-Fan worrn. Dar geev dat de Beatles-Filme int Fernsehen, un sowat harr ik noch nie nich sehn. Mien Öllern, de harrn nie nich Spoß. De hebbt jümmer arbeit, un de Last vun den harden Alldag drück ehr Schullern daal. Wo anners weern doch düsse Beatles! Düsse albernen Kerdls, frech un övermödig, löpen dörch de Gegend as Kalver, de dat eerste Mol op de Koppel dörpten. Mien Mudder seet ok vörn Fernseher un sä vull Ekel: »Nu kiek di düsse Filzköppe an, mit de langen Hoor!«, un ik sä: »Mudder, Pilzköpfe, nich Filzköpfe, das hast du verkehrt verstanden!« »Nee, heff ik nich!«, anter mien Mudder, aver liekers keek se mit mi den Beatles-Film un schüttel den Kopp. Ik seet darneven un weer fasziniert. De Beatles löpen jümmer noch dörch ehren Film, as wenn se dörchgahn weern. Twüschendörch spelten se ehre Leeder, de ik bald utwendig kunn, in mien ganz eegenet Fantasie-Engelsch: »Shilapschu! Jääh! Jääh! Jääh!«
Een vun miene eersten Platten weer dat rode Album, eene Doppel-LP mit de ganzen Hits vun 1962 bit 1966. Ik kunn se all butenkopps, »Shilapschu«, »Eydeyschawig«, »Tekatureit«, »Jesterdei« un all de annern. Gern heff ik düsse Leder bi Tantengeburtsdaag vörsungen. Se weern jümmer all ganz entzückt

un nöömten mi den »Lütten Bietel«. Mit düsse Optritte heff ik mien Daschengeld opbetert, un in miene Frietiet heff ik de Beatlesfilme nahspeelt. In »A hard day's night« gifft dat eene Szene, wo de Beatles op de Flucht vör ehre Fans vun een Auto int nächste stiegt. All de Autos stunnen neveneenanner, un as de Beatles ut dat letzte rutkeemen, harrn se de Verfolger afschüttelt.

Sone Reeg vun Autos harr mien Onkel Kalli ok. He weer Buer so as mien Öllern, un all halve Johr keem he ganz stolt an un vertell, he harr sik een nieden Käfer köfft, för blots veerhunnert Mark. Dat weer denn dat niede Auto, un den olen darvör stell he as Ersatzdeellager op de Koppel af. So stünnen dar op de Koppel bald een Dutzend Käfers neveneenanner, un ik weer de Beatles un sprüng vun een in den nächsten un bün so all de Fans los worrn, de doch achter mi ran wullen.

Denn keem de Dag, an den John Lennon dootschoten worr. Ik weet noch genau, wo dat weer, as wi mit de ganze Familie vör den Fernseher seten un in de Tagesschau de Biller ut New York ankeken, wo all de Fans vört Dakota Building tohopen keemen un truerten un tosamen Beatles-Leeder sungen.

In de Weken darna weern de Beatles överall. Enne Tiet lang kunn man sogor bi Aldi Beatles-Platten köpen. Dar heff ik mien Mudder eenmol »Rubber Soul« ut de Rippen leiert, bit hüüt een vun miene Lieblingsplatten.

John Lennon weer jümmer mien Lieblingsbeatle. Ik glööv, as Minsch weer he schwierig, orntlich wat schwierig, aver sien Stimm kunn di packen un di woanners hinbringen, so as ik dat nie nich wedder beleevt heff. Un so heff ik af un to in mien Leven dacht: Wat hett John Lennon wohl to de Tiet mookt, as he so olt weer as ik?

As he twintig weer, keemen de Beatles nah Hamborg. Mit 26 sung he »A day in the life«, un mit 29 lepen de Beatles al wedder uteenanner. Un as John Lennon so olt weer as ik nu, dar weer he al dree Johr doot.

Wat harr he in all de Johrn noch för wunnerbore Musik moken kunnt! Un nu, mit 70 Johren – op wat förn Levenswark wörr he trüchkieken?

John Lennon is nu al över 30 Johr doot. Un ik bün mi seker: He fehlt uns.

Heringsangeln

As wi Buernjungs ut uns Dörp so twölf, dörteihn Johr olt weern, harrn wi son Phase, dar hebbt wi anfungen to angeln. Bi uns in den lütten Diek, op Karauschen, schwatt in unsen See, op Rotogen un Brassen un Bars, un denn in een Johr ok mol in Kieler Haven, in de Förde, op Heringe.
Eenmol int Johr, int Fröhjohr, dar treckt de Heringsschwärme rin in de Förde, sogor in den Nord-Ostseekanal. Un se sünd rein verrückt; se biet op allens, wat blitzt un blinkert. De Heringsköder an de Angeln darmols weer een rot-witt-gestreiftet Taumelblei un fief eenfache goldene Hakens daröver. Man möss de Lien utschmieten, den Köder een Stück sacken laten, denn hochtrecken, inholen, hochtrecken, inholen, un so wieder, bit de Köder wedder an Land weer, hoffentlich mit een oder twee Heringe daran.
As wi Stolper Buernjungs dat eerste Mol nah Kiel föhrt sünd, mitn Bus, üm to angeln, dar weern wi to veert. Detlef, Hannes, Erwin un ik. Detlef, Hannes un ik, wi kunnen al een beten angeln, jüst utschmieten un so wieder, aver Erwin kunn dat noch nich. He harr een Dag vörher Geburtsdag hatt. Vun sien Öllern harr he de Angel kregen, vun mi den Heringsköder, vun Detlef een Messer un vun Hannes een Fischdoothauer, son lütten Stock ut Metall mit

sone Verdickung ant End, de man den Fisch op den Brägen kloppen schull, bit he doot weer. So weer tominst Erwin sien Utrüstung allerbest, as wi in den Bus Richtung Kiel seten.

An düssen Dag weer dar op den Kai gegenöver vun Bohnhof, an de Kieler Hörn also, Hochbedriev. De Heringe weern dar, un dicht an dicht stünnen de Anglers ant Havenbecken. Jeder harr wohl blots een Meter Kai för sik. So möss man siene Angel richtig liekut schmieten, üm nich mit de Navers in Tüdel to komen. Dat kunn Erwin aver noch nich, un hier weer eegentlich nich de richtige Steed ton öven. Aver dat weer Erwin egol. He schmeet sien Angel ut, so schräg nah links weg, so ungefähr över acht Naveranglers ehre Angeln röver. Dat geev een grotet Hallo. Se harrn Erwin bald wat op Muul haut, aver as jede Angler nah een Viertelstünn siene Lien wedder mit de vun Erwin uteenanner tüdelt harr, dar hüngen an Erwin siene Hakens twee Heringe. Dat weern de eersten Fisch, de Erwin in sien Leven fungen hett, un he schnapp sik sien Doothauer un klopp solang op de Heringe rüm, bit se platt weern as Flundern.

Dat weer een richtig erfolgreichen Dag för uns Jungs. Unse Naveranglers weern bald so genervt vun Erwin siene Utschmietkünste, dat se sik vertrocken hebbt. So harrn wi Platz noog, un Spoß un Erfolg harrn wi ok. Un as wi avends mitn Bus wedder trüch föhrt sünd in uns Dörp, dar stünk de ganze Bus nah Fisch, so veele Heringe hebbt wi in unse Emmers hatt. Aver irgendwie hebbt se eher as Plattfische utsehn, Flunder un Scholle un Rochen un so. Schmeckt hebbt se liekers.

De Klüten Gottes

Dat is al een poor Kilo her, dar weer ik mol een recht goden Torjäger op Kreisliganiveau. Dat ik veele Tore schoten heff, leeg vör allem an miene goden Mitspeler. De wüssen, dat ik dar breet un groot in den Strafruum stünn, un se schöten mi oftins genau so an, dat de Ball vun mi af un int Tor rin prallt is. Machmol güng dat so gau, ik heff dar gar nix vun mitkregen.
Aver eenmol in miene lange Loopbahn as Footballer – bither speel ik siet 35 Johren in Vereen – eenmol harr ik een richtig genialen Moment, un bit op mi sölben un mien Trainer hett dat keener markt. Dar stünn ik nich blots rüm un leet mi anscheiten, nee, dar harr ik een richtig aktiven Torrüker.
Dat weer een ganz normalet Kreisligaspeel. Wi spelten tohus in Wankendörp; ik weet nich mehr, gegen wen, aver ik will glöven, dat dat een Derby gegen Bokhorst weer. Dat stünn villich Fief to Een för uns. Dat weer kort vör Schluss, un ik harr noch keen Tor schoten. Jenner, een vun miene Mitspelers, de würklich goot mit den Ball ümkunn, güng halv links dörch. He harr al villich dree Gegenspeelers ümkurvt, un ik wüss, dat he glieks vun de Strafruumeck mit links aftrecken wull. Un miene Erfahrung sä mi, dat Jenner ut düsse Position den Ball oftins üm een halven Meter rechts ant Tor vörbi

schoten hett. Un ofschoonst ik Jenner nich genau sehen kunn un ofschoonst he noch nich schoten harr, bün ik vun achtern komen un mit lange Been op den tweeten Pfosten togrätscht. Un süh, Jenner hett tatsächlich vörbi schoten. He hett mi genau in de Klüten dropen, as ik in den Fiefmeterruum rinrutscht bün, un vun miene Klüten is de Ball int Tor rinprallt. Dat weer dat entscheidende Söss to Een gegen Bokhorst, un dat weer dat eenzige Tor in mien Leven, dat ik nich mit rechts, nich mit links un nich mitn Kopp, sünnern mit de Klüten schoten heff. Weer ik Maradona west un de Journalisten harrn mi nah dat Speel fragt, wo dat Tor tostanden komen weer, ik harr antert: »Dat weern de Klüten Gottes!« Aver ik bün nich Maradona, un mi hett keener fraagt. De meisten hebbt gor nich markt, wo bemerkenswert dat Tor eegentlich weer. De hebbt dacht, ik weer stolpert, so as jümmer, de Ball gegen mi an, so as jümmer, un denn rin int Tor so as jümmer. Een ganz normalet Tor för mi.

Aver mien Trainer, de hett dat mitkregen. Nah dat Speel sä he to mi: »Da, wo du warst, konntest du den Ball doch gar nicht sehen!« Un ik anter: »Aber ich habe ihn gespürt! Ich hatte da so ein Gefühl in den Eiern. Vor allem hinterher ...«

Essen Sie uns arm!

Düsse Geschicht is mi nich sölben passiert, sünnern een Kolleg vun mi, Hömm, in de Tiet, as he in de Landwirtschaftsschool weer. In de Landwirtschaftsschool föhrt man ok mol op Klassenfohrt, un Hömm sien Klass is nah Berlin föhrt, nah de Gröne Week. Tweeuntwintig stabile, kräftige, ünnernehmungslustige junge Buern, keen Deern darbi, in de grote Stadt. As de Messe dicht moken dä, sünd de jungen Buern noch tosamen in de Stadt ünnerwegens west, hebbt noch een beten wat drunken, denn sünd se hungerig worrn un an een Steakhus vörbi komen, dar stünn een Schild int Fenster: »Steak soviel Sie wollen für 19,95 Mark – Essen Sie uns arm!« »Das kriegen wir hin!«, sä Hömm dar, un denn is de ganze Landwirtschaftsschoolklass rin in dat Steakhus un hett Steak satt bestellt. Un dat köönt ji mi glöven, junge Buern, de neiht jo wat weg. Un hungerige junge Buern, de köönt freten, dar is dat End vun weg. Un se sünd ok keene Bilageneters. Wo sä al Heinz Strunk: »Fleisch ist mein Gemüse!«

De Landwirtschaftsschoolklass jedenfalls hett sik düchtich satt eten. Hömm harr ja ok al in uns Kinnertiet jeden Freetwettbewerb op all de Kinnergeburtsdagsfiern wunnen, un siene Klassenkameraden stünnen em in nix nah. Ton Schluss weer de

Truhe lerdig, un de jungen Buern trocken wieder, üm sik annere Opfer to söken, to rauben un to brandschatzen.
Siet Hömms Klassenfohrt jedenfalls gifft dat bi de Berliner Krögers dat ungeschrevene ieserne Gesetz: »Keine All-you-can-eat-Aktionen in der Grünen Woche, wenn die jungen Bauern in der Stadt sind!« Un ik kann mi goot dat trurige Gesicht vun den Steakhusmanager vörstellen, wo he dat ole Schild ut Fenster rut holt un dat niede darför rin stellt: »Wegen Schleswig-Holsteiner Landwirtschaftsschule geschlossen!«

De plattdütsche Koh

Eenmol int Johr warrt dat bi uns op den Hof för een poor Weken richtig anstrengend. Dat is de Tiet, wenn de Starken kalvt. De kalvt nämli jümmer tosamen.
Dat is jümmer so: Dar is een Koppel mit Starken, un wi laat den Tuchtbullen darto. Oder de Starken koomt glieks mit den Bullen tosamen op de Koppel. Un, dat kann ik ju vertellen, de arme Kerdl hett denn richti wat to doon. Manch een Bull warrt moger un leeg utsehn darbi, aver he kriggt ehr all drachtig. Dat is so, as mien Vadder jümmer seggt: »Jungbullen un Jungbuern kriegt allens drachtig!«
Un negen Moont un teihn Daag later geiht dat Kalven los, een nah den annern, dat flutscht blots so.
Ganz egol, wo veele Starken dar op de Koppel weern: se kalvt all innerhalv vun veerteihn Daag. Un wi mööt bit Kalven hölpen, Kalver foddern un Starken anmelken. Dat is dat leegste darbi. Starken anmelken. Manche wüllt sik dat nich gefallen laten un bölkt un zappelt, haut un pedd. Denn dörfst du as Melker nich bang ween, un du bruukst Knööv, Geduld un machmol ok een Schlagbögel, darmit de Koh di nich pedden kann.
Aver düt Fröhjohr, dar harrn wi eene Stark, de heet »Idylle«, bi de nütz dat all nix. Se wull sik eenfach nich ant Melken gewöhnen. Dar hölpte keene Zärt-

lichkeit, keen Verständnis, keen Geduld, keen Goot-Toschnacken. Se pedd un pedd un pedd. Un wenn se een Schlagbögel üm harr, denn weer allens to laat. Se hüpp denn mit all veer Been so lang as dull in de Melkstand op de Stell, bit entweder de Schlagbögel rünner full oder irgendwat anners twei güng. Ik weer ratlos, un ik heff al daran dacht, Idylle an den Schlachter to verköpen. Un as ik ehr denn nochmol melken wull un se pedd glieks wedder op mi los, dar heff ik de Geduld verloren un heff ehr anbrüllt, op Platt: »Höltst du wohl op! Ik hau di doot!« Un süh, dat hett se verstahn, un se stünn un leet sik melken.

So güng dat denn över Weken. Idylle keem nah den Melkstand rin, un vör ik ehr anlangen dä, brüll ik een Mol: »Hol still! Oder ik hau di doot!« Un se stünn. Irgendwann harr se sik denn ant Melken gewöhnt, un ik kunn mit dat Bölken opholen. Aver eens weet ik nu: Bevör ik een Koh nah den Schlachter schick, wiel se bockig is, versöök ik erst, op Platt mit ehr to schnacken. Villich versteiht se mi nich, wenn ik Hochdütsch mit ehr schnack. Un wenn eener blots Plattdütsch kann, Minsch oder Koh, dat is ja wohl keen Grund, em glieks an Schlachter to verköpen, oder?

Kohnamens

Ik heff nülichs in de Zeitung leest, dat Köh mit Namens mehr Melk geevt as Köh ohn Namens. Schön, heff ik dacht, man goot, dat unse Köh meist alle Namens hebbt. Sünst harrn se seker noch weniger Melk. De fulen Öös.
Siet ik Buer bün, siet 1998, kriegt all de Kohkalver op unsere Hof Namens. Im Moment heff ik blots noch twee Köh, de öller sünd, ut de Tiet, as mien Öllern noch de Buern weern. De 25, de is 1994 geboren, un de 41, de is vun 1997. Aver de 25, de heet Schwarzer, un de 41, nu ja, de heet 41. All de annern hebbt Namens, un veele hebbt schöne Namens. De kann man sik ut eene lange Liste vun Landeskontrollverband rutsöken, un jedet Johr is een annern Anfangsbookstaven an de Tour. So heet mien Köh ton Bispeel: Kohlrabi, Hyäne, Gulasch, Identität, Flummi, Grasland, Grünkohl un Gebüsch. Aver wenn ik ehrlich bün, denn mutt ik togeven, dat de Halsbandnummer doch meistens de Name is, mit de wi de Köh identifiziert. Kohlrabi is de 14, Gulasch de 20 un Gebüsch de 58 un jümmer dar, wo ok een Willen is, haha.
Aver wenn wi de Köh anschnackt, denn hebbt se all desölbigen Namens. Wenn ik ehr to faten kriegen will, denn segg ik jümmer ganz zärtlich: »Komm her, Muscha, Muscha, komm her!« Un wenn se

pedd, bit Melken, un ik warr bös, denn bölk ik: »Halt auf, du Misthund!« Mien Lehrling seggt darüm, all de Köh heet mit Vörnamen »Muscha« un mit Nahnamen »Misthund«. »Gestatten, Muscha Misthund!« Opfallen deit, dat de Köh bi uns weder weiblich noch männlich sünd, sünnern sächlich. De Satz: »Kiek mol, dat Misthund hett allens vull scheten!« is in unsen Melkstand oftins to hören.
För Melkköperohren klingt dat nu villich brutal, aver ik finn, Muscha Misthund is een meist zärtlichen Spitznamen för een Koh. Mien Mudder ton Bispeel seggt jümmer: »Austreten, ji Schietmorsen!« Se meent darmit, dat de Köh ut den Melkstand rutlopen schüllt, aver de Dierten verstaht dat falsch. Se denkt, se schüllt uttreten in den Sinn vun Schieten oder Miegen, un dat mookt se ok, un Mudder bölkt noch mehr. Aver, mien Gott, ok Schietmors is för Mudder een ganz zärtlichet Wort, so as »Schietbüdel« för mi, as ik een lütten Jung weer. Een Glück, dat Mudder jümmer Platt schnackt. Schietbüdel klingt so veel beter as »Scheißbeutel«, un wenn ik een Koh weer, denn kunn ik mit den Namen Schietmors leven, aver wenn se mi op Hochdütsch »Kackarsch« nöhmen wörr, denn weer ik echt beleidigt, dat kann ik ju vertellen. Al ut Rache wörr ik denn den ganzen Melkstand vullschieten mit mien Schietmors.

Grasbultenhüppen

Wenn man int Moor opwussen is, so as ik deelwies, wiel mien Öllern jümmer int Moor molken hebbt, in Sommer, as ik een lütten Jung weer, un ik stromer middewiel dörch dat Moor, bit se mit de Arbeit trecht weern, wenn man also son moorigen Torfkopp is so as ik, denn kennt man sik ut mit dat Grasbultenhüppen. Wenn du dat nich kannst int Moor, denn kümmst du nich wiet, jedenfalls nicht mit dröge Fööt. Wenn du also int Moor büst un du wullt dar dörch un vör di is een grotet Lock mit Modder un ut den Modder, dar kiekt een poor Grasbulten rut, denn musst du vun een Grasbulten nah den nächsten hüppen, ohn Övergewicht to kriegen. An besten is, du bliffst in Bewegung darbi. Nich to flink un nich to langsam. Du musst een Blick hebben för Grasbulten, de groot un fast noog sünd, dat se di utholt, un du musst de meiden, de to schwach op de Bost sünd, so dat se mit di ünnergaht, wenn du op ehr landen wörrst. Un du musst mindestens anderthalv Meter wiet gezielt jumpen könen, du dörfst keen Angst hebben un du musst dien Körper beherrschen, jedenfalls een beten. Wenn du all düsse Eegenschaften hest, denn kümmst du mit dröge Fööt dörch dat Moor, ok wenn du geringfügig över 0,1 Tunnen wiggst. Geringfügig.

Aver nülichs, dar weer ik int Moor ünnerwegens, ik wull nah mien Jungtieren kieken, un ik harr as so oft eene Klapp Heu darbi, üm mi bi mien Tieren intoschliemen, dat ik se in Harvst ok wedder goot vun de Koppel krieg. Dat harr vörher düchtig Regen geven, dar weer veel Modder un blots wenig Grasbulten to sehen. Un ik harr eene Klapp Heu in de Hannen, dat is schlecht vör dat Gliekgewicht. Dat weer also Grasbultenhüppen för Fortgeschrittene, aver ik harr dar keen Angst vör. Int Moor föhl ik mi seker. Un ik jump, eenmol, tweemol, dreemol, veermol. Allens keen Problem. Bit föffte Mol land ik op den Grasbulten, de knick weg, ik rutsch af, un zack! seet ik bit an Mors int Moor. Langsam leep mi dat Water in de Stevln, un ik huuk dar teemlich ratlos in den Modder. De Grasbulten hüttodags sünd ok nich mehr de sölbigen as fröher, dach ik dar, un ik wunner mi, dat de acht tosätzlichen Kilo vun de Heuklapp offensichtlich to veel weern för den Grasbulten.

Dat weer gor nich so eenfach, mi ut düsse missliche Laag to befreien. Ik versöch, de Fööt hoch to trekken, aver dat Moor glucker bedrohlich un höll mi fast. Nu, ik bün nich Münchhausen, ik kunn mi nich an mien eegen Hoor ut dat Moor trecken. Ton Glück harr ik de Heuklapp darbi. De heff ik vör mi op den nächsten Grasbulten leggt. So kunn ik miene Oplagefläche orntlich wat vergrötern un mi langsam ut dat Moor rut un op de Heuklapp hangeln. Vun dar ut güng dat wieder, un irgendwie heff ik dat schafft, mit de Heuklapp nah mien Tieren hin to komen, un allens is goot utgahn.

Tja, wat schall ik seggen: De Grasbulten int Moor

sünd ok nich mehr dat, wat se mol weern. Se döögt nix mehr. Ik heff nu jümmer eene Heuklapp darbi. Dat is twors schlecht för dat Gliekgewicht, aver mien Tieren freut sik daröver. Un ik gah nich ünner.

Köh drieven

Ik harr dat meist vergeten, aver nu weet ik dat wedder. Bi anner Lüüd Köh drieven, dat mookt richtig Spoß. Ganz anners, as wenn dat dien eegen Tieren sünd. Denn is dat Stress pur; dat versaut di ok denn besten Dag. Denn du hest de Verantwortung för dien Tieren, un wenn se Schaden mookt, denn musst du blechen. Oder dien Versekerung. Schön jedenfalls is wat anners, as achter de Tieren rantolopen, vör allem, wenn se noch gor nich wedder nah Hus wüllt, sünnern lever noch een beten opn Swutsch. Wokeen keen Tieren hett, de weet villich nich, wat ik meen, aver de annern kennt dat Geföhl deep in Buuk, wenn du irgendwann nix anners wullt as se eenfach all doot haun, an Ort un Stell un sofort.
Aver nülichst, dar keem mien Mudder morgens in Melkstand un fragte: »Sünd dat dien Jungtieren boben an de Autobahnbrüch?« »Nee«, anter ik, »ik heff de Jungtieren noch binnen. Dat sünd bestimmt Christoph siene!« Mudder hett denn alleen wieder molken, un ik bün nah de Autobahnbrüch hinföhrt. Dar stünnen se, villich twintig Jungtieren, deelwies in Steinfeldt sien Gassen to freten, deelwies al kort vör de Brüch, bereit, eenmol röver to lopen. Ik steeg wedder int Auto in un bün nah Christoph hinföhrt, mien besten Naver. He weer ok al in

Melkstand un harr jüst anfungen to melken. »Na, Christoph, vermisst du dien Jungtieren?«, fragte ik. »Bither nich!«, anter he, un denn keem he utn Melkstand un keek op siene Huskoppel. De weer lerdig. »Oha!«, sä Christoph dar.

He is denn mit siene Dochter mit Auto eenmol üm Pudding föhrt, üm vun achtern to komen un de Tieren wedder vun de Autobahnbrüch weg to drieven, un ik bün op den direkten Weg wedder nah de Tieren lopen, üm bit Wedder-nah-Hus-Högen to hölpen. Un as dat sowiet weer – dat hett würklich, würklich Spoß mookt. Soveel Spoß – ik harr dar villich sogor för betahlt!

Erst mössen wi de Tieren dörch den Gassen högen, wedder in de Richt vun Christoph sien Hof. Delia, Christophs Dochter, stell sik int Hecklock vun de Maiskoppel nevenan, un se reep de Tieren mit ehren Lockroop. Jede Buer hett sien eegen Lockroop. Bi uns is dat: »Komm Muscha komm!«, bi Christoph un Delia is dat: »Komm Mule Mule komm!« So stünn Delia also int Hecklock un reep: »Komm Mule Mule komm!«, un tatsächlich lepen de Tieren in ehre Richt. Christoph leep achterher, un ik passte op, dat de Tieren an de Kant vun de Koppel bleven un nich afneihen Richtung Straat. Toerst güng dat ok goot, aver dat Hecklock weer nich an de Kant vun de Koppel, sünnern merren int Stück. As de Tieren dar ankomen weern, bleev eene Stark stahen un wull al nah Delia hinlopen, dörch dat Hecklock dörch, aver de annern keemen vun achtern un lepen ant Hecklock vörbi, an Knick lang, un se wörrn gauer, denn weer de Koppel to End, un de Tieren bögen an Querknick af un lepen nu Richtung

Straat, gauer un jümmer gauer. Un ik möss nu ok lopen, üm vör de Tieren ant End vun de Koppel to ween, vör de Straat. Dat weer een richtigen Sprint, dat kann ik ju vertellen, un dat in mien Öller un bi mien Gewicht! Aver ik heff dat schafft! Ik kunn sogor bit Lopen noch recht beruhigend op de Tieren inschnacken: »Hoo Muscha hoo! Alles gut!« Un se keken mi verständnislos an. Sünst heten se ja ok Mule un nich Muscha, aver beruhigen leten se sik liekers. Un ik weer ant Pusten. Dat weer uncool, un ik versöchte, vun Lungen- op Huutatmung ümtoschalten, aver dat güng scheef. Mann, wat weer ik ant Japsen!
Dar keemen Delia un Christoph un wi överlegten, wo wi de Tieren nu wedder nah ehren Hof hinkregen. Wi mössen eenmol dörch den Knick, över Christoph sien Maiskoppel – de Mais weer ton Glück jüst erst oplopen – un denn dörch den Draht op Christoph sien Huskoppel rop. Hört sik eegentlich ganz eenfach an. Aver de Tieren dörch den Knick to kriegen, is nich ganz so eenfach. Wi diskutieren dat Problem, un endlich, endlich harr ik Gelegenheit, den Spruch to bringen, den ik al lang op de Tung harr, den ultimativen Köh-Driever-Spruch: »Die Kuh läuft immer dahin, wo der Kopf hinzeigt!« »Jaja«, sä Christoph. Aver ik möss insistieren: »Dat is wahr! Dat hett all Hermann Wendt jümmer seggt: Die Kuh läuft nicht dahin, wo der Mors hinzeigt! Die läuft dahin, wo der Kopf hinzeigt!« »Jaja«, sän Christoph un Delia. Ik glööv, se wüssen dat al. Hebbt ja sölben Köh.
Op wat förn Oort ok jümmer, wi hebbt de Tieren denn dörch een lüttet Lock in Knick högt – un, wat

schall ik seggen, natürlich mitn Kopp vöran! Hermann Wendt harr recht! – över de Maiskoppel, un denn stünnen wi an den Draht vun ehre Huskoppel. Dar weern de Tieren ja vörhin al mol röver, as se afhaut sünd, aver dar dörpten se dat nich, also hebbt se dat mit Freuden mookt. Nu aver schullen se dat, also wullen se nich. De Psychologie vunt Jungtier is desölbige as vun pubertierende Kinner. Dat Doon, wat man nich schall, un dat nich Doon, wat man schall. So eenfach is dat. Wi mössen den Draht erst wegnehmen, denn lepen de Tieren wedder op ehr Koppel, un se weern tohus. Delia möök den Draht wedder hoch, un nu weer eegentlich de Tiet för een schönet, kolet Beer, üm de gemeinsame erfolgreiche Köh-Högen to fiern, de Krönung vunt Bi-anner-Lüüd-Köh-Drieven.

Aver dat weer morgens halvig Acht. Christoph möss melken; ik möss melken un Delia möss in de Landwirtschaftsschool. Wi harrn keen Tiet för Beer. Nich mol för Kaffee. Aver wi mööt dat nahholen. Ohn dat obligatorische Beer is dat Köh-Högen noch nich to End. Ik mutt also düsse Daag nochmol rünner nah Christoph. Wi sünd nämlich noch nich fardig! Dat schönste kümmt noch! Ik segg al mol: Prost!

Winterdag

De Luft is kloor. De Sünn schient sülvern flach vun Himmel rünner, un de Schnee is överall, aver achtern Knick is he orntlich wat höger; denn dar hett de Wind in de Schneenacht em hinweiht. Darüm weer darmols ok de School utfulln, wegen de Schneeverweihungen. Uns Kinner weern recht trurig west an den Dag. Keen School – se harrn meist weent vör Unglück, un se wüssen den ganzen Dag nix mit sik antofangen ...
De Luft is koolt. Ieskoolt. Ik weet nich, woveel Grad dat sünd, denn wi hebbt keen Thermometer int Hus, aver dat mutt ünner minus teihn Grad ween, denn bit Inatmen freert de Schnodder in de Nees in, üm bit Utatmen jümmer wedder optodaun. Miene Schoh knirscht bit jedeen Schritt opn Weg, un de Himmel is so blau, blauer geiht dat gar nich. In de Bööm glitzert de Ruhriep, an jedeen Ast, an jedeen Twieg. Op den See is al ne lütte Iesschicht, un ik mutt daran denken, wo wunnerschön dat weer, in den eenen Winter, as ik noch to School güng, vör föfftig oder sösstig Johr, as de Stolper See eenmal richtig dichtfroren weer, mit schwattet, glattet Ies, ganz ohne Schnee boben op, un ik bün mit miene erste Fründin tosamen eenmol rundrüm lopen, mit Schlittschoh. Dat weer so, dat ik dat nie nich vergeten warr. Ünnerwegens dröpen wi noch

een vun de Stolper Gang, dat weern de Halvstarken darmols, de föhr de sölbe Tour mit sien Käfer. Un is ok nich inbroken. Ut Fenster hett he uns towunken, un he lach.

So gah ik un sinn daröver nah, wo schön dat fröher weer, as Kind, as jungen Kerdl, in Winter. Sölbst de Schneekatastrophe darmols weer för uns blots Spoß. Wi harrn eene Week schoolfrie, sprüngen vunt Dack in Schnee, jümmer wedder, un lachen uns schlapp. Dat mien Öllern darmols nich wussen, wohin mit de Melk, dat wi keen Foder för de Schwien mehr harrn un Mudder nich mehr wuss, wat se to Eeten moken schull – dat hebbt wi Kinner gar nich mitkregen. De Hauptsaak weer, de Stuuv weer warm, wenn wi wedder rinkömen. Un dat weer se.

Un ik bliev stahn un denk: Wo schön weer dat doch, as ik jung weer un mi an den Winter richti freien kunn. Aver nu bün ik de Buer, un ik heff de Sorgen, un mien Kinner hebbt de Freud. Un anstatt düssen wunnerschönen Dag to bewunnern un mi Tiet to laten, gah ik blots eene lütte Runde mit de Köters, aver denken kann ik an nix anners as an de Tränken, de al infroren sünd, un wat dat för eene mistige Arbeit is, se wedder optodaun. Un ik warr gretzig un grantig, aver denn warrt mi wat kloor. Ik mutt wat ännern.

Nächst Johr will ik mi an den Winter frein, egol, wo hart he warrt. Düssen Sommer kööp ik mi frostsekere Tränken. Garanteert iesfrie bit minus dörtig Grad. De sünd düer, aver ik glööv, se sünd dat wert.

Dat Kotzbecken

Machmol gaht ›wichtige Errungenschaften‹ vun unse Kultur eenfach verloren, un keeneen markt dat. So is dat ton Bispeel mit dat Kotzbecken.
Fröher harr jede Dörpskrog een Kotzbecken op dat Männerklo, jümmer blots op dat Männerklo. Dat weet ik, wiel de Fruunslüüd dar nix vun wussen. Denn wi seten nülichs bi unsen Kröger int Naverdörp to eten, de Vörstand vun unsen Riederveren un de Partners darto. Twüschendörch bün ik mol op Klo west, un dar heff ik düsset so exemplarisch schöne Kotzbecken bewunnert. Un as ik an den Disch trüch keem, sä ik: »Mensch, wenigstens hier ist noch alles so wie früher! Gustav hat noch son richtig schönes Kotzbecken!« De Fruuns kregen de Köpp hoch. »Ein was?«, fragten se in Chor, so as harrn se dar noch nie nich wat vun hööt. »Ein Kotzbecken!«, anter ik, un dar lepen de Fruuns los, nah dat Männerklo, all dar rin, un bekeken sik dat Kotzbecken. Sowat harrn se noch nie sehn, un ik heff ehr de Funktionswies verkloort. Ach, wat weern se ant Juchen, ant Giggeln un ant Lachen.
Dat Kotzbecken. Meist in all de Kröög, wo fröher oftins Landjugendbälle weern. Dörch de Döör vunt Männerklo, un grad vör, jümmer liek ut, dar weer dat. Links un rechts twee stabile Metallgriffe ton Fastholen, un denn son Becken, een Meter twintig

hoch, quadratisch, etwa sösstig mol sösstig Zentimeter, mit een Afloop in de Mitt, so dick, dat du dien Arm dar rinsteken kunnst, darmit ok all de Stücken mit dörchlopen kunnen, un in Notfall kunnst du ringriepen un dien Gebiss ut'n Syphon wedder rut holen. Dat weern de Kotzbecken.

Aver se verschwind, nah un nah. Villich warrt se nich mehr so goot annohm as fröher, un de Dinger sünd nich mehr utlastet. Villich meent de Krögers ja ok, son Kotzbecken passt nich mehr to ehre Philosophie vun gepleegte Gastlichkeit in den ländlichen Ruum. De Inneninrichtung vun de Krogklos warrt ja jümmer kommodiger. Dar wullt du an leevsten gar nich wedder weg! De grönen un de brunen Kacheln warrt jümmer weniger, un wo gifft dat noch een Krog mit een richtige Pissrinn? Nee, dat segg ik ju: Warrt allens anners. Man goot, dat wenigstens unsen Kröger Gustav noch een Kotzbecken hett!

De Pissrinn

Ebenso as dat Kotzbecken verschwind ok de Pissrinn jümmer mehr ut dat öffentliche Leven. Fröher weer dat Urinieren in de Kröög jümmer een richtiget Aventüür, vör allem, wenn eener, so as ik, machmol Probleme darmit hett, dat lopen to laten, wenn eener neven em steiht. Denn stünn man in den Krog op dat Männerklo neveneenanner mit fief oder söss Kerdls un bi alle leep dat, blots bi mi wull dat nich anfangen to dröppeln. Un je mehr du di anstrengst, desto weniger warrt dat wat. Un all, de neven di staht, seht nipp un nau, dat du ni kannst, un du weerst de erste op Klo un geihst as letzte wedder rut, aver de Blaas is jümmer noch vull. Un denn mösst du an besten rutgahn un in Knick pissen, denn ok wenn du int Krogklo in de Kabine geihst, üm to pissen, denn weet se liekers alle, dat du nich kannst, wenn eener neven di steiht. Tja, dat weern de Probleme darmols.
Hüttodags is dat anners. Een Pissrinn gifft dat meist narms mehr, weer ja ok eklig un stünk fürchterlich. Nu hebbt se all de eenkelten Urinale, un machmol sogor mit een lütte Trennwand dartwüschen, darmit keener kieken kann, ob dat bi den Nevenmann löppt oder nich. De dat erfunnen hett, kunn bestimmt ok nich pissen, wenn eener darbi stünn. So hett he sien eegen Blaasentleerungsproblem to een Verkoopsschlager mookt. Dat nenn ik Erfolg.

Bi mi is dat so: Wenn ik op dat Krogsklo gah un dat schall lopen, ofschoonst dar anner Lüüd staht un tokiekt, denn mutt ik mi sölben överraschen. Ik dörp mi denn nich al vörher Gedanken över dat Pissen moken, denn verkrampft sik allens un dat klappt nich. Ik mutt mi also so ganz langsam un unopfällig Stück för Stück Richtung Klo bewegen, ohn dat miene Blaas dat markt. Un denn, wenn ik för de Döör stah, mutt ik spontan nah dat Klo rinspringen, Büx open un zack! villich klappt dat denn! Wenn ik Glück heff un de Druck groot noog is un miene Blaas ahnungslos bit ton Schluss.

Fröher, as Jung, harr ik düsse Probleme nich. In unse School in Plön, op dat Jungsklo int Souterrain, dar weer so een richtig schöne Pissrinn. De leep mit de Kacheln nah ünnen v-förmig spitz to, un denn weer dar noch eene S-Kurv binnen, wiel de Wand dar een Stück nah achtern versprüng. In de grote Paus bün ik jümmer mit Ulrik Steffen un Dirk Jensen tosamen pissen west, un siet wi in Erdkunde de mäandrierenden Flüsse dörchnohmen harrn un wat lehrt harrn över Gleithang un Prallhang un so wieder, hebbt wi versöcht, mit unsen Blaaseninhalt an den Prallhang in de S-Kurve vun unse Pissrinn över de erste Kachel to spölen. Wat schall ik seggen – wenn wi noog Druck harrn, hebbt wi dat jümmer schafft. Blots eenmol nich; denn dar heff ik gegen de Binnenkant vun mien Parka pisst ... dar harr ik natte Schoh, un in de Pissrinn weer Niedrigwater. Schiet ok!

Selektive SMS

Vun mien ehemaligen Lehrling Spezi heff ik SMS-Lesen un -Schrieven lehrt. Vör he bi mi anfungen hett, kunn ik dat nich. Aver Kommunikation mit Spezi geiht blots per SMS. He is meist mit Rad ünnerwegens, un wenn ik em anreep, nehm he oftins nich af un also kunn ik em nich erreichen. Un wenn he wat twei föhrt harr, schick he ok jümmer een SMS; denn kunn ik mi alleen opregen un bölk em nich an, wenn he darbi stunn.

Irgendwann weer de Lehrtiet vun Spezi to End; he hett sogor bestahn, wenn ok knapp. Nu is he arbeitslos. Af un to hölpt he mi mol för een poor Stünnen. Sehr sehr gern bit Trecker föhren, sehr sehr ungern bit Melken oder Misten.

Mi ducht, he hett sogor een selektiven SMS-Empfangsmechanismus. Wenn ik em eene SMS schick: »Kannst du Gülle fahren?« oder »Kannst du pflügen?«, denn antert he: »Jo kann ich machen« un is een Viertelstünn later dar. Oder he antert gar nich un is een Viertelstünn later liekers dar. Un arbeit. Goot un gern. Is ja ok Trecker föhren. Dat is eegentlich Spezi sien Hobby.

Aver wenn ik schriev: »Kannst du eine Box mit ausmisten?« oder »Kannst du heute abend mit melken?«, denn gifft dat keen Antwort, un he kümmt aver ok nich. Un wenn ik em mol dreep un ik schnack em an op de letzte SMS vun mi, denn bruukt he keenen Utredenzettel, nee, em fallt dat allens so in: »Ich hab keine SMS bekommen«, seggt he, oder: »Ich hatte einen Arzttermin« oder keen Guthaben op Handy oder dat Mistding weer kaputt oder dat Fahrrad platt oder Oma ehr Kanink bleev doot oder dar weer Füeralarm oder oder oder. Misten- oder Melken-SMS jedenfalls kann ik mi sporen.

Aver nülichs heff ik Spezi anscheten. Per SMS heff ik anfragt, ob he schiebeneggen kunn, un as he een Viertelstünn later opn Hof keem, dar stünn ik dar al mit een Fork för em un een Fork för mi to Utmisten. He weer ganz verdattert, un tosamen hebbt wi de Box lerdig mookt. Dat harr klappt, un ik dach, ik harr em bi de Büx un wüss, wo ik em schnappen kunn.

Aver as ik em dat nächste Mol ansimsen dä, wiel he arbeiten schull, dat güng eegentlich üm Trecker föhren, dar hett he sik nich meldt un is ok nich komen. Wohrschienlich hett he Angst, dat he doch misten oder melken mutt, egol, wat ik schriev, he kümmt lever gar nich mehr. Föhrt lever mit Rad dörch Dörp to kieken un klookschieten.

Also mutt ik wedder sölben misten, mit mien Lehrling Sven oder mit mien Fründ Dieter. Anner Lüüd gaht in de Muckibude; wi mist Kalverboxen ut.

Lever he as ik

Mien Tuchtbull un ik, wi weern eegentlich gode Frünn. He hett Anke heten. Traditionell heet unse Tuchtbullen jümmer so as de Buer, vun den se koomt, un Anke keem vun eene Bäuerin. He weer een Spinner, aver he weer nich aggressiv. He sprüng lustig ümher un bölkte blöd rüm, aver insgesamt weer he een normalen goden Kerdl mit dicke Klüten. Ik kunn em sogor in Arm nehmen un övern Kopp striekeln.

Natürlich weet man as Buer, dat een Tuchtbull gefährlich ween kann, aver de schworen Unfälle, de hebbt jümmer anner Lüüd, de hett man nich sölben. Un so bün ik nülichs to Anke in de Box stegen, denn de Tränke weer twei un leck munter vör sik hin. Sven, mien Lehrling, stünn buten an dat Boxengitter, mit een Knüppel in de Hand, un schull Anke vun mi weg holen, un ik schruvte an de Tränke rüm. Sven un ik schnackten un passen wohl nich besünners op, un mit een Mol kümmt Anke vun achtern un drück mi in de Eck. Ik dreih mi üm un hau em op de Ogen un bölk em an, aver dat güng em an Mors vörbi. As weer ik sien Schüerpohl, so rakerte he mit sien Kopp an mien Körper op un daal, op un daal. Sven hau den Knüppel op em twei; dat weer Anke egol. He möök eenfach wieder. Een Ogenblick later leeg ik opn Rüüch in Mist, un Anke schööv mi mit sien Kopp dörch de Box. Ik harr Todesangst, un ik bölkte Sven to: »Die Forke, Sven, die Forke!«, un he leep un hool de Fork un steek se Anke in Mors. Anke kreeg een Schreck un dreih sik üm un keek na Sven hin, un ik spröng op un kladder över dat Boxengitter. Dar weer Anke al wedder achter mi, un mit vulle Wucht leep he gegen dat Gitter, wo ik jüst noch west weer.

Vull mit Schiet un ganz un gar ut de Pust stünn ik nu op den Futtergang. Ik bün noch mol darvun komen; ik weer noch ant Leven. Mien Lehrling hett mi rett. Ik brüll Anke an: »Du Sau, du Sau, das hast du dir ganz anders gedacht, wa? Du wirst schon sehen, was du davon hast!«

Een poor Daag later heff ik Anke an Schlachter verköfft. As he opn Laster weer un dat Gitter to, dar heff ik mi richti freut. Ik heff wunnen. Nu hangt he an Haken. Ik leev, un he is doot. Lever he as ik.

As de nächste Koh Bullen dä, heff ik Gerlinde anropen, de Besamungstechnikerin. Se wunner sik een beten. »Oh, Matthias, welch seltener Anrufer! Du hast doch sonst immer einen Zuchtbullen! Hast du gar keinen Bullen mehr?«, fragte se mi, un ik vertell ehr de ganze Geschicht. Dar sä se: »Matthias, versprochen: Ich tu dir nichts.« Dar weer ik beruhigt un heff erstmol bi Gerlinde Sperma bestellt.

Över dat Titelblatt

As Peer, de Verleger, un ik över düt Book schnackt hebbt un wo dat heiten schull, dar heff ik vörschlogen, dat »Lever he as ik« een goden Titel weer. Wiel de Erfahrung, de mit düsse Geschicht tosamen hangt, so markant för mi weer, un wiel ik al jümmer meent heff, dat dat een goden Spruch weer. Dat eerste Mol heff ik em vun mien Lehrchef hört. De weer in de Füerwehr, un he vertell, dat bi se int Dörp mol een Schwienstall afbrennt weer, all de Schwien weern int Füer ümkamen, un de Buer stünn darbi, mook sik een Buddel Beer op un sä mit unverwesselboren Holsteiner Humor: »Lever de as ik!«. Un drünk de Buddel ut. Nich lang schnacken, Kopp in Nacken.

Peer de Verleger weer inverstahn. »Lever he as ik«, dat weer een goden, inprägsamen Titel. As dat üm dat Titelblatt güng, weer sien Vörschlag, ik schull mit mien Bull tosamen op dat Titelblatt, un den Bull schull ik in Arm nehmen. Ik sä: »Peer, du hest de Geschicht wohl nich richti lest: De Bull is doot, den kann ik nich mehr in Arm nehmen!« He fragte mi: »Hest du keen anner Bull, oder kannst du di keen utlehen, för een Foto?« Aver dat wull ik nich. Mit Bullen kuscheln, dar harr ik eerstmol noog vun. Un wenn ik den Bull noch nich mol kenn, nee, dat weer mi to gefährlich.

Wi hebbt ne ganze Tiet överleggt, jümmer güng dat per Mail oder Telefon hin un her. Eerst heff ik dacht, eegentlich is Gerlinde, de Besamungstechnikerin, ja nu de Ersatz för mien Bull. Deswegen möss ik eegentlich mit Gerlinde in Arm op dat Titelblatt. Aver dat harr mit Sekerheit orntlich Geschnacke geven. Un de Titel passt denn ja ok nich to dat Foto, denn ik will Gerlinde ja nix Schlechtet, un se hett mi ja ok versproken, dat se mi nix deit. »Un wenn du mit een Koh op dat Foto büst?«, fragte Peer: »Köh hest du doch noog, oder?« »Ja,« anter ik: »Köh heff ik noog. Aver dat markt doch een Blinden mitn Krückstock, dat dat op Foto keen Bull is, sünnern een Kohl« »Ach wat,«, sä Peer dar: »Dat fallt gar nich op!«

Süh, un so hebbt wi dat mookt. Also, för all de Buern: Ik weet, dat dat keen Bull is op dat Foto. Dat is een Koh. Wenn ju dat interessiert: Dat Covergirl heet »Fritzlar«. Dat is een Verlegenheitsnom; eegentlich schull se »Fritsla« heiten, nah dat Dörp in Schweden, wo een Cousine vun mien Mudder leevt un wo Birte un ik mol een schönen Urlaub mookt hebbt, as wi jung verleevt weern, vör meist hunnertföfftig Johren. Fritsla also hett de Ohrmarkennummer DE0 114 033 069 un is an 19. Mai 2004 geboren. Ehre Mudder is ok noch in Bestand; dat is in Moment miene öllste aktive Melkkoh, vun 1997, veerteihn Johr olt. Fritsla hett ne mittlere Leistung vun 6677 Kilo int Johr mit 4,42 Prozent Fett un 3,46 Prozent Eiwitt. Bitherto hett se veer Kalver kregen, un ik hoff, dar koomt noch een poor darto, denn se is eene leeve, totruliche Koh. Un deswegen is se op Bild. Denn hübsch is se ok. Ik finn jedenfalls, dat se goot utsüht. Beter jedenfalls as de Kerdl darneven.

Un överhaupt, wat ik ganz vergeten heff: Intwüschen heff ik Fritsla dröög stellt, denn se warrt bald een lüttet Kalv kriegen; se is drachtig. Achter ehr Hart driggt se eens vun de letzten Kalver, de mien doden Tuchtbull Anke mookt hett, vör ik em an Schlachter verköfft heff. Op düsse Ort un Wies is op dat Titelblatt ok een lütt beten vun Anke to sehn. He is noch nich ganz verschwunnen. Siene Sporen sünd överall to sehn, op unsen Hof.

Optellen

Eene Fork
de goot in de Hannen liggt
un meist vun alleen arbeit

een Fründ
den ik un de mi
hölpen kann
in jedwede Hinsicht

een Morgen
de so frisch is
dat he di mit sik mit ritt
ok wenn dien Ogen
noch so lütt sünd

een Regen
de de Luft afköhlt
wenn dat so hitt weer
dat du schweten wörrst
bit Nixdoon

nix doon
jo
ok mol nix doon
un sik nich mol schlecht föhlen darbi

een Melkkunde
de Lust un Tiet
to klönen hett
mank Döör un Angel

een Veehhändler
de fair un ehrlich is
di nich övert Ohr haut

dat gifft dat nich
aver een warrt ja
noch drömen dörpen

een Kind
dat Fragen stellt
de Welt begriepen will
un liekers nich
op den Wecker fallt

een Arbeitsdag
bin Naver
wenn ik för em dar ween kann
un ik weet
wenn ik em bruuk
klappt dat ok anners rüm

een Oltbuer
so as mien Vadder
de nah dat Drillen
an Feldrand steiht
den Hoot afnimmt
sik för de Bost höllt
un een olet Gedicht op Platt murmelt
för den Segen vun uns Arbeit

een Zärtlichkeit
eenfach so
an helllichten Dag
dat wi in de Betten hüppen wüllt

een Leven even
een vun söss
sölben oder bald acht Milliarden
aver dat eenzige
dat mi gehört

wo riek ik bün
sünd anner Lüüd ok rieker
mi reckt dat

De Dörchfall

Dat is een poor Johr her, dar güng uns Dochter Nora noch in Stolpe to School, in de tweete Klass villich. Dar hett se bi eene Deern ut ehre Klass speelt, un ik schull ehr jüst so as jümmer Klock söss dar afholen.
As ik denn vör de Husdöör stünn un pingelt harr, reet Nora forts de Döör op un reep mi to: »Papa, Papa, ich bin durch die Decke gefallen!« »Ja ja«, sä ik, wiel Nora machmol tütern dä, aver denn keem de Mudder vun Noras Speelkameradin un sä: »Ja, tut mir leid, Nora ist tatsächlich durch die Decke gefallen.« »Hä?«, möök ik, »So schwer ist Nora doch gar nicht!«, un de Mudder sä: »Kommen Sie rein, ich zeig Ihnen, was passiert ist!« Se nehm mi mit in de Stuuv un wies mi dat Lock in de Deek över den Settel. In den Settel harr Nora mit een Mol seten, mit een dicket Sitzkissen ünnern Mors, un weent harr se, bitterlich weent. Aver dat weer blots de Schreck west, verletzt harr se sik nich.
Dat Hus weer een Niebuu, un wiel de Vadder sölbstänningen Handwarker weer, hett he veel in Eegenleistung mookt. Un wiel he ja ok nevenbi noch Geld verdeenen möss, hett sik dat hintrocken, bit dat Hus so richtig fardig weer. Opletzt is dat nie richtig fardig worrn, wiel se dat nich holen kunnen un denn güng dat irgendwann in Zwang, aver eegent-

lich harrn se plaant, in de Stuuv ünnen een schönen Kamin intobuen. Över den geplanten Kamin harrn se för den geplanten Schosteen al een Lock in de Deek laten, un in den ersten Stock weer dat Zimmer vun de Dochter. In düt Zimmer hebbt Nora un ehr Fründin nu speelt. Över dat Lock in Footböön leeg een dicket Sitzkissen, darmit dat int Zimmer nich trecken wörr, un bit Spelen weer Nora dörch dat Zimmer lopen un op dat Kissen pedd, un wusch! is se dörch de Deek fullen. Ton Glück stünn jüst ünner dat Lock de Settel, in den Nora denn seet un ween. Se harr sik würklich nich weh doon, un nu, eene gode Stünn later, kunn se al daröver lachen. Tja, un noch hüüt is dat so, wenn mien Kinner to mi koomt un vertellt mi wat, dat richtig, richtig unwahrschienlich klingt: Ik glööv dat eerstmol. Denn siet ik Kinner heff, weet ik eens ganz seker: Nix is unmöglich!

Carla schlöppt

Unse jüngste Dochter Carla weer al jümmer een Papakind. Ik glööv, dat liggt daran, dat ik so teemlich dat erste weer, wat se to sehen kregen hett; denn Carla is unser eenziget Kind, dat mit Kaiserschnitt geboren worrn is. Un as Birte in'n OP leeg un se ehr erst open schneden un denn wedder toneiht hebbt, seet ik mit nackte Bost ünner de Wärmelamp in Kreißsaal un töövte, dat de Hebamsch mi dat lütte Wesen bröch, dat Birtes Buuk vörher so utbuult harr. Un denn keem se un legte mi unse Carla op de nackte Bost. Carla hett also nich toerst Birtes veel schönere Bost sehen un roken un schmeckt, sünnern mien rodet Fell op miene Bost. Aver dat hett ehr wohl gefullen; denn Carla bleev jümmer Papakind. Ik kann mi an een Urlaub besinnen, dar möss ik Carla jümmer wickeln. Birte dörpte dat nich. As se dat een Mol versöcht hett, schreeg Carla: »Nein, nicht du. Papa!«

Carla is nu dörteihn, un noch jümmer is dat för se un ehren lütten Broder Jon, de teihn is, dat gröttste, in uns Ehebett intoschlopen, wenn Birte un ik tosamen weg sünd. In uns Bett rüükt dat wohl so goot, ik weet dat nich. Jon schlöppt as Mamakind jümmer op Birtes Siet, Carla op miene.

Un noch jümmer kümmt Carla af un to nachts in

mien Bett, üm to kuscheln, mit dörteihn. Eene Tiet lang, vör twee Johr oder so, dar keem Carla veel öfter, un wi weern dar leed op un wullen ehr dat afgewöhnen. Un denn kunn se liekers nich schlopen un stünn nachts vör mien Bett un denk sik Geschichten ut, worüm se nu doch ünner mien Deek möss. Un denn stünn se dar merrn in de Nacht un sä afwechselnd in een jämmerlich klagenden Ton ehre twee Standardutreden op: »Ich hab schlecht geträumt!« oder »Da ist ne Mücke in meinem Zimmer!« un machmol ok beides gliektiedig. Carla harr sogor merrn in Winter, in Februar, bi Frost, Mükken in ehr Zimmer.

Nachts vun miene Dochter mit ehre Grünnen vullquatscht warrn, dat funn ik nu noch unangenehmer as dat mien Bett morgens vull weer, un ik harr noog un sä to Carla. »Carla, wenn du nachts schon meinst, in mein Bett kommen zu müssen, dann tu's einfach, aber quatsch mich nicht voll. Das kann ich nachts nicht vertragen. Heb einfach die Decke hoch, kuschel dich an und gut ist.«

Dar freu sik Carla, un sietdem wach ik morgens op, un machmol liggt Carla neven mi, un ik heff dat gar nicht markt. Aver nülichs heff ik nahdacht. Carla is nu dörteihn, un de nächstöllere Dochter is Nora. De is sössteihn, un de kriegt wi an't Wekenend oder in de Ferien machmol gar nich mehr to sehen, wiel se entweder bi ehren Fründ schlöppt, oder ehr Fründ schlöppt bi uns, un denn heff ik dacht, blots dree Johr, un denn is Carla ok sössteihn, de Tiet de löppt, wokeen Kinner hett, de weet dat, du dreihst di eenmol üm, un bumms, sünd de Kinner groot, un denn harr ik de Vision, dat Carla mit sössteihn mit

ehren Fründ an de Hand vör mien Bett steiht, merrn in de Nacht. Un se seggt: »Papa, wir haben schlecht geträumt!«
Dar wörr mi denn doch ganz anners.

De Eifersucht

Wi hebbt fief Kinner. Twee Jungs un dree Deerns. Intwüschen sünd all de Deerns Teenager, in Moment achteihn, sössteihn un dörteihn Johr olt. De beiden Ölleren hebbt al een Fründ oder hebbt wenigstens al mol een Fründ hatt un ok mit nah Hus bröcht.
Oftins warr ik fragt, wo mi dat darmit geiht. Mitleidig kiekt mi de Frager denn an un will weten, ob ik ok so eifersüchtig op de Fründ vun mien Döchter weer.
Dat schient sone Ort ›Männertrauma‹ to ween, wenn de Döchter den ersten schlaksigen knokigen pickligen jungen Kerdl mitbringt, üm mit em in ehr Zimmer to gahn un em aftoknutschen. Ik harr düt Problem nich, un ik dach al, ik harr een genetischen Schaden oder een sozialen Defekt oder so. Aver besünners kümmert hett mi dat nich.
Aver nülichs keem wedder een Kumpel in mien Öller un vertell, wo schwoor em dat füll mit den ersten Boyfriend vun sien Dochter un wo schwoor de dat mit em harr. Un ok mit sien Fru, denn de kunn dat junge Glück ok nich tofreden laten. Wenn de beiden Junkers in de Dochter ehr Koomer seten un sik jüst aflecken wullen, weer Mudder tofälli jümmer ant Wäsche tosamen leggen un bröch jeden Schlüpper eenkelt nah boben, blots dat de jungen Lüüd keen

57

twee Minuten för sik harrn. Un mien Kumpel seet ünnen vörn Fernseher un dacht: »Recht so, recht so! Warum sollen die das auch besser haben als wir damals! Sie haben ja auch sicher dasselbe vor!« Un ik dach bi mi sölben: Wo ungerecht dat is, dat wi jümmer all dat, worünner wi leden mössen, wieder geven mööt an de nächste Generation.

Un denn harr ik nülichs mol een beten Tiet, üm nahtodenken. Ik weer ünnerwegens int Auto to een Optritt in de letzte Eck vun Dithmarschen, un dat is een recht wieden Weg. Ohn dat so recht to marken, leet ik mi düssen ganzen Kroom noch mol dörch den Kopp gahn, un mit een Mol wüss ik: Dat is keen Eifersucht, wat de ganzen Kerdls dörch den Bregen un dörch dat Hart geiht, wenn se de Boyfriends vun ehr Döchter quält. Nee, dat is Neid. Nix wieder as Neid. Un Midlife-Crisis.

Süh, dat gifft int Leven vun een Vadder een ganz entscheidenden Wendepunkt, un je öller sien Kinner warrt, desto neger kümmt de Punkt, an den dat kippt. Düsse Wendepunkt is de Dag, vun den an de eegen Kinner mehr Sex hebbt as man sölben, un mit Feindseligkeit gegenöver de jungen Kerdls versöökt de Vadders nix anners as düssen Wendepunkt vertwiefelt noch een poor Moont oder Weken oder Daag oder Stünnen nah achtern to schuven. Aver opletzt is de Moment denn dar, un dat gifft keen Torüch.

Dat heff ik so för mi rutfunnen, un ik finn, dat hört sik allens ganz schlütig an. Un ik wunner mi blots, dat ik dar nix vun markt heff. Ik heff nix gegen de lütten Frünnen vun miene Döchter. Wiss, se kunnen villich mol orntliche Büxen mit Mors antrekken, un ik verstah ok nich, worum de Schlüpper jümmer boben ut de Büx rutkieken mutt, aver, mien Gott, mien sössteihnjohrigen Söhn löppt ja jüst so rum. Un, ach, schüllt se sik doch all aflecken. Is doch beter, as wenn se in de Bushaltestell sitt un sik villich noch verköhlt darbi. Un wat den Wendepunkt in mien Leven angeiht, den ik rutfunnen heff: Dat is nu sowieso egol. Ik heff dar nich veel vun markt, aver ik bün mi seker: Ik heff dat achter mi.

De Pulswarmer

Mien Opa harr jümmer Pulswarmer üm. He hett jümmer seggt, wichtig is, dat de Handgelenke warm sünd, denn kriggst du keen kole Füüß, keen kole Fööt, du warrst överhaupt nich koolt un bliffst gesund. Ant End is Opa denn irgendwann doch krank worrn un doot bleven, un denn wörr he koolt, aver dar leeg he in Bett un harr ok keen Pulswarmer an. Villich hett dat daran legen. Oder he weer eenfach blots olt un schwach, dat kann ok ween.
Ik heff nie Pulswarmer an hatt, un ik leev noch. Aver ik bün ja ok noch jung. Relativ. Manche Merkmale överspringt ja eene oder ok twee Generationen, un denn koomt se wedder vör Dag. Opa harr Pulswarmer, mien Vadder nich, ik ok nich, aver unsen jüngsten Söhn Jon hett wedder welk, jüst so as Opa darmols.
Manche Lüüd seggt ja, de Jugend hüttodags, de wüllt blots Markenklamotten an hebben; allens mutt exklusiv un schick ween un Geld kosten, aver in Stolpe, an de Grundschool, dar stimmt dat nich. Un Jon sien leevsten Pulswarmer, dat is een ole Sokke.
Jon harr mol Socken mit een Drachen op, siene leevsten Socken. He weer richtig trurig, as de kaputt güngen, aver dat Lock in de Socken weer so groot, he kunn den ganzen Arm rinsteken – zack!

harr he een coolen Pulswarmer. Birte hett de Sock denn afschneden un den Suum ümneiht, un Jon weer glücklich mit sien nieden Sockendrachenpulswarmer.

Wo jümmer man em süht, he hett düssen Pulswarmer üm. Un wenn dat Ding schietig is un Birte mutt em waschen, denn hoolt Jon em glieks ut de Waschmaschien rut, wenn se dörch is, un fönt em dröög un treckt em wedder an. Denn ohn sien Pulswarmer föhlt he sik, as weer he nackig. Un wokeen nackig is, de warrt koolt. Un koolt warrn dörpt man erst, wenn man so olt is, as Opa weer. Vörher nich.

De Verafscheedung

As ik sölben noch in Stolpe to School güng, vör över dörtig Johren, dar bün ik jeden Morgen mit Fohrrad an mien Mudder vörbi föhrt, wenn se in den Anbindestall mit de Emmermelkanlag ant Melken weer. Ik heff denn int Vörbifohren jümmer ropen: »Tschüß Mama!« Un se anter: »Tüüs, mien Schietbütel! Un lern schön!«

Fiefuntwintig Johren, nahdem ik in Stolpe inschoolt wörr, is unse erste Dochter Marie dar to School komen. Gewiss, se harrn een beten an- un umbuut, aver de Geruch in de School weer jümmer noch de sölbige. Un wenn Marie denn an mi vörbi radelt is, op den Weg nah de School, wenn ik ant Köh foddern weer, denn wull ik nich dat sölbige seggen as mien Mudder darmols, deswegen heff ik ehr achterran ropen: »Schlaf schön!« Un se lach. Jedenfalls bit erste Mol.

Wi hebbt fief Kinner, de – bit op de Twillinge – jümmer in een Afstand vun twee bit dree Johren boren sünd. Ik meen, dat weer ja ok schlimm west, wenn de Twillinge ok twee bit dree Johr uteenanner west weern. Jedenfalls hebbt wi, wenn Jon, unsen jüngsten Söhn, in Sommer in Stolpe ut de School kümmt, twölf Johr unünnerbroken Kinner in de Stolper School hatt. De Tiet geiht nu langsam to End. Wenn Jon nu mit Rad an mi vörbi föhrt Rich-

tung School, denn warrt mi son beten wehmödig to Moot. He is de letzte vun uns Kinner, de mit Rad to School föhren kann. Af Sommer mutt he wieder reisen, denn mit'n Bus.
In düsse twölf Johren Stolper School bün ik ok öller un gesetzter worrn. Hüüt heff ik keen Problem mehr darmit, de sölbigen Sprüche to bringen as mien Mudder darmols. Un wenn Jon an mi vörbi föhrt to School, denn roop ik: »Tschüß Jon, mien Schietbüdel! Un lern schön!« Un he dreiht sik üm, ohn to bleiern, un antert: »Tschüß, Papa, mien Schietbüdel! Un bauer schön!« Un ik stah un kiek em achterran un kunn meist weenen vör ... ik weet nich, wovör, aver ik kunn meist weenen.

De Afdanzball

As jungen Kerdl wull ik nie nich eenen Danzkurs moken. Ik funn dat irgendwie unnatürlich, sik bit Danzen antofaten. Veel lever mag ik dat, eenfach blots so rümtozappeln, un Gesellschaftsdanz, Walzer oder sogor Discofox, dat weer Landjugend, dat weer spießig, dat weer vun güstern. Ik harr sogor ideologische Bedenken dargegen, un ik wull dar nix mit to doon hebben. Nich toletzt ok wegen düsse gräsigen hochnäsigen »Seht-alle-her-was-fürn-toller-Typ-ich-bin«-Gesichtsfigatzen, mit de de goden Dänzers jümmer op de Danzfläche ünnerwegens weern. Un dat leegste weer: Se harrn Schlag bi de Deerns. Düsse danzenden Lackopen weern nie nich alleen. Ik funn dat schlimm. Ik weer veel beter, un ik weer alleen. Weer dat gerecht?

Nu, hüüt, is dat aver allens ganz anders. Ik heff irgendwann doch noch een wunnerbore Fru funnen, ok ohn Danzen mit Anfaten un Blöd-ut-de-Wäsche-kieken, wi sünd twintig Johr verheirat un hebbt fief Kinner. De sünd nu deelwies in dat Öller, dat se Danzkurse mokt. Un wenn de Kinner Danzkurs mokt, denn hebbt se irgendwann ok Afdanzball. As unse ölltste Dochter Afdanzball harr, dar meen Birte, wi beiden mössen mit; dat gehöör sik so, dat de Öllern mitkoomt, un ik as Vadder möss mit miene Dochter danzen, tominst een Danz möss ik mit ehr moken.

So sünd wi denn also ton Afdanzball föhrt, Birte, Marie un ik. Wi seten mit een bekannet Paar an Disch, un denn güng dat Danzen los. All de jungen Lüüd in all ehr picklige Pracht stolpern so staksig un stief över de Danzfläche, un denn leep dar noch de Danzlehrerin rüm, een recht stabile Person, un mit een lude, kreischige Stimm, de dat gewohnt is, jede Musik to övertönen, bölk se ehre Kommandos dörch den Saal, leep achter de danzenden Paare achterran un trock twüschendörch an ehre Arms un Been, wenn se meen, de Haltung weer nich richtig. As ik düsse Danzdomina sehn heff, harr ik al noog vun düssen Avend, aver dat weer erst de Anfang.

Denn föhrten de Jungs un Deerns ehre jüst erlernten Dänze vör – vör miene Ogen sehg dat all liek ut – un denn rööp de Danzdomina, dat dat nu sowiet weer, dat nu all de Vadders mit ehr Döchter danzen mössen, un widerwillig güng ik nah Marie hin un versöök to lächeln. Wi harrn dat nich öövt, aver ik harr Marie versproken, to versöken, ehr nich op de Fööt to pedden. Un so wackelten wi ungelenk över de Danzfläche, un ik harr de Hoffnung, dat ik nu glieks darmit lang weer, dar güng de Musik ut, un dat Morslock vun DJ rööp in sien Micro: »Meine sehr verehrten Damen und Herren, es ist Zeit für ein lustiges Tanzspiel! Die Damen in den Innenkreis, die Herren in den Außenkreis, und dann gegenläufig immer im Kreis herum! Und wenn die Musik stoppt, dann tanzen Sie mit Ihrem Gegenüber, bis zum nächsten Stopp, dann geht es wieder in den Kreis, und so weiter, und so fort! Los geht's!

Und nicht vergessen: Immer gute Laune, mit Tanzmusik von DJ Braune!«
Ik keek em an, düssen Misthund. Ik harr em schlachten kunnt, ohn Messer, mit blote Hannen, ik hasste em. Aver ik möss mi nu dreihen, in den Butenkreis. De Musik güng ut, un dar stünn son ganz lütte, ganz zarte, ganz fiene Deern vör mi. Ik faat ehr an un sä: »Tut mir leid, ich wurde gezwungen, an diesem Tanz teil zu nehmen. Ich kann überhaupt nicht tanzen, und ich wiege ungefähr zweihundertfünfzig Kilo, aber ich werde alles tun, um Ihnen nicht auf die Füße zu treten!« Un wi stakeln los, unfallfrie, bit de Musik wedder angüng. Binnenkreis, Butenkreis, dat sölbige Speel nochmol. Un nochmol. Un nochmol. Un so wieder, un so fort. Eene Deern sä: »Oh, sind Sie nicht der Autor von ›Verliebt Trecker fahren‹?«, un ehre Teehnspang blinker int Licht. Ik anter: »Ja, der bin ich.« Se freu sik: »Oh, Mensch, das is ja cool! Ich tanz mit einem Promi!« Ik gnurr: »Ich bin kein Promi. Und das, was wir hier machen, ist auch kein Tanzen. Und an Ihrer Stelle würde ich auf meine Füße aufpassen. Sonst können Sie nachher im Krankenhaus sagen: Den Trümmerbruch hab ich von dem Autor von ›Verliebt Trecker fahren‹! Das gibt dann ein großes Hallo!« Un wieder güng dat Gehoppel. Dar weer dat End vun weg. Geföhlte twee Stünnen later weer dat lustige Danzspeel endlich vörbi. Ohn Verletzungen. All de Deerns, mit de ik danzt heff, kunnen noch lopen. Un ok ik weer unverletzt. Jedenfalls körperlich. Aver seelisch weer ik een Wrack, dat kann ik ju vertellen.
Dat dat mol kloor is: Ik heff för den Rest vun mien Leven noog vun Danzkurse, Danzlehrerdominas

un Afdanzbälle. Un vör allem vun lustige Danzspeele. Aver wat deit man nich all för sien Kinner.
Maximal veer Afdanzbälle töövt noch op mi. Wat schall ik seggen: Um glücklich ween to könen, musst du ok mol den Scheiß mitmoken. Weer jümmer allens supi, denn gewöhnst di daran un markst gar nich mehr, wo supi allens is.
De Afdanzball, dat weer de Vörhölle. Ik bün dar wedder rutkomen. Un wo schön is dat hier ganz normal op de Eer. Ik kann mi dar nu richtig an frein.

Unsen Transit

Dat is nu een poor Weken her, dat Birte un ik unsen olen Ford Transit för een nieden in Zahlung geven hebbt – nah meist twölf Johren, 265 Dusend Kilometer un för den unglaublichen Pries vun 400 Euro, de wi noch för em kregen hebbt.
In all de Tiet hett he uns nich een Mol in Stich laten, un de Motor leep jümmer noch allerbest, ok wenn he as Bus mit seine 76 PS ganz schön schwach op de Bost weer. Wenn du op de Bundesstraat nich oppassen däst, denn hebbt de Lohnünnernehmers di mit ehre Riesentreckers överhoolt! Aver nu, ant End, dar hett de Transit rost, as wöör he Geld davör kriegen. Fröher weer he mol silbergries-metallic west, toletzt aver mehr schietig bruun, un de Heckklapp höll blots noch tosamen, wiel ik ehr grootflächig mit Panzertape bekleevt harr. De Stootstang harr ik mit blauet Plastikstrohband hochbunnen, un achtern weern de Sicherheitsgurte launisch worrn – se funnktioneerten blots noch an Wekenend, bi Sünnenschien. Irgendwann hebbt Birte un ik insehen, dat dat mit den Transit keen Sinn mehr hett, ofschonst unse groten Kinner em so gern muchen. Wenn wi se avends vunt Utgahn afhoolt hebbt, weer de Partybus oftins vull, un Nora sä eenmol: »Hier könnt ihr ruhig reinkotzen, is eh egal!«
Un denn keem de Dag, wo ik em wegbringen un

den nieden Transit afholen schull. Morgens leep ik üm unsen Partybus rüm un weer richtig, richtig trurig. Mehr as een Veertel vun uns Leven hebbt Birte un ik düt Auto föhrt, un sösstig Prozent vun unse Tiet tosamen, as Paar. Ik reep een goden Fründ an un fragte em, ob he noch een poor Fotos moken kunn, vun Birte, den Transit un mi. He keem, un de Fotos sünd schön worrn. An leevsten mag ik dat, wo ik neven em stah un hool em den linken Spegel, un Birte steiht op de anner Siet un höllt em den rechten Spegel, so, as weer he uns Kind un wi wörrn »Engelchen, Engelchen, flieg!« mit em spelen. Un ik harr Tranen in de Ogen un sä:
»Oh Birte, wo wir mit dem Auto überall gewesen sind! In Preetz! In Plön! In Kiel! In Mölln! All die einsilbigen Metropolen des Nordens! Aber auch: Bad Segeberg! Neumünster! Husum! Flensburg, Rendsburg, Scheggerott! Ja, sogar Scheggerott! Und Meddewade, Kuddewörde und Viöl! Nirgends gibt es so tolle Ortsnamen wie in Schleswig-Holstein! Und was wir mit dem Auto alles gemacht haben! Nur Sex hatten wir in dem Auto nie!« Un Birte sä: »Du vielleicht nicht!«
Dar weer ik sprachlos. Miene Birte – ach, ik heff ehr leev. De besten Sprüche sünd jümmer vun ehr. Merrn ut Leven, merrn int Hart.
Mit den nieden Transit weern wi ok al in Preetz. Un Plön. Un Kiel. Blots Sex harrn wi darbin noch nich. Ik jedenfalls nich.

De Bank

Irgendwann heff ik ja dat rieden anfungen. Een ganzet Sommerhalvjohr heff ik Rietünnerricht hatt, jeden Dingsdagvörmiddag, mit Birte, Gaby un Manuela, in de Husfruunriedergruppe. Dat hett Birte vun mi verlangt. Wenigstens de Grundbegriffe vunt Rieden schull ik kennen, vör se mit mi utrieden wull, denn dat weer uns Ziel: af un to mol tosamen utrieden, dörch unse wunnerbore holsteensche Landschopp, an Avend oder ant Wekenend.

As dat jümmer so is: Wi mookt dat blots ganz selten mol, villich tweemol int Johr. Wi hebbt verschedene Rundkurse ton utrieden, all ünnerscheedlich lang. De Schwienrunde – de heet so, wiel wi tweemol an Schwienställe afbegen mööt – de Nettelaurunde, de Depenaurunde un de Olekoppelrunde. Meistens riet wi de Nettelaurunde, de duert ohn mi eenenvierdel Stünn, mit mi eendreevierdel. Ik bün nich so flink. Oder beter: Dat Perd mit mi is nich so flink. Ik weet nich, woran dat liggt.

As wi nülich mol de Nettelaurunde reden sünd, dar stünn dar merrn op de Runde in den eenen Redder an de Kant vun Weg een lütte Bank, een ganz eenfache Bank: twee lütte Pahlens un een lüttet Brett quer röver nagelt. As een olen Dunnerbalken. Een

Bank ohn Utsicht, wenn du di darop setten wörst, du kunnst blots op de anner Siet in den Knick kieken. Birte un ik, wi reden dar vörbi, wi keken uns an un dachen: Wokeen üm allens in de Welt buut sik hier een Bank hin, merrn an den Weg, üm vun een Knick nah den annern to kieken? De Jägers wohl nich, de harrn twors machmol lustige Ideen, aver de kunnen hier nich kieken un nich scheiten, un bi allens, wat de Jägers doot: Man mutt darbi kieken oder scheiten köönen. So bekeken Birte un ik uns ratlos de lütte Bank, schüttelten nochmol de Köpp, reden wieder un vergeten düsse lütte Bank.

Aver as wi dat nächste Mol dar lang keemen, op Perd, dar seet dar op de Bank een ole Buersfru ut uns Dörp. Wi hölen an un vertellen ehr, dat wi uns al wunnert harrn över düsse lütte Bank merrn an den Weg. Un dar hett se uns dat verkloort. Se leep nu mol to gern spazieren, un dat hier weer ehren daglichen Rundweg, vun ehren Hof ut eenmol in Kreis de Feldwegen lang. Nu weer se aver sehr krank west, blots langsam güng ehr dat beter, un de Rundweg weer ehr to lang worrn. Se möss sik irgendwo daal setten un sik verpusten, un de Platz hier, dat weer jüst de Hälfte vun de Streck. Un wiel dat hier keen Sitzgelegenheit geev, weer ehren Mann hierher föhrt un hett de lütte Bank hier hinbuut. So kunn se sik setten un verpusten, un se hoffte, se wörr bald wedder ohn Pause den ganzen Weg schaffen.

Nu wörr uns allens kloor, Birte un mi. Wi wünschen ehr gode Betern un allens Gode un dat se de Bank bald nich mehr bruken schull, un wi reden wieder, unse Nettelaurunde. Toerst säen wi gar nix mehr. Wi hungen unse Gedanken nah, wi weren richtig gerührt vun düsse Geschicht. Opletzt flüster Birte: »Das ist die Bank der Liebe.« Wi keken uns an, un unse Ogen mössen schwimmen.

Mien Schatz, dat unbekannte Wesen

Ik bün nu siet eenuntwintig Johren mit mien Fru Birte tosamen, un siet twintig Johren sünd wi verheirat. Wi hebbt nich lang fackelt, un ik glööv, dat weer goot so. All dat Rümgeeier geiht ja doch blots op de Nerven, un irgendwann steihst du denn alleen dar.

Darbi weer dat anfangs all gar nich so licht för Birte. Mien Öllern wullen eegentlich een Fru för mi, de vun Buernhof keem. Wenn al dat nich, denn schull se wenigstens ländliche Huswirtschaft lehrt hebben. Birte aver weer Soldatendochter, in Rendsborg geboren, aver deelwies in Bayern opwussen, se studier Pädagogik un kunn noch nich mol Plattdütsch schnacken. Blots verstahn. Mien Öllern weern nich inverstahn, as Birte un ik ehr seggt hebbt, dat wi heiraden wullen. Un dat hebbt se uns ok föhlen laten. Aver Birte un ik, wi stünnen tosamen, un wi stünnen dat tosamen dörch. Dat dat unsen Ernst weer mit de Hochtiet, hebbt mien Öllern erst glöövt, as se dat Opgebot bit Standesamt in Kasten sehn hebbt. Oha, dar weer wat los. Dat hett richtig Spoß mookt.

Nah all düsse Johren hebbt wi ünnerscheedliche Generationen uns ganz goot miteenanner arrangiert. Un eegentlich schull en ja villich denken, dat een Kerdl sien Fru villich nah teihn, föffteihn Joh-

ren in- un utwennig kennt. Aver eenmol, vör villich sölben, acht Johren hett Birte mi nochmol richtig överrascht. Dat keem so:
Wi harrn Besöök. Ik weet nich mehr, wokeen dat weer, aver dat weern mehrere Lüüd, un een darvun keem ut Bayern. Wi seten all tosamen in unsen Goorn ant Lagerfüer un hebbt Beer un Wien un Prosecco sopen, un Birte harr een lütten Schwips un vertell sik wat mit den Kerdl ut Bayern un opmol fangt se an, ohn Punkt un Komma op Bayrisch to schnacken. Unglöövsch keek ik Birte an, as wenn se vun annern Stern weer, un ik dach: Dien Schatz, dat unbekannte Wesen. »Tja,« sä se, »ich kam nach Bayern, da war ich sechs, un erst mit dreizehn kam ich zurück nach Schleswig-Holstein. In den Jahren hab ich wohl ordentlich Bayrisch gelernt.« »Warum hast du mir das nie erzählt?«, fragte ik. »Warum sollte ich?«, anter se: »War das irgendwie von Belang? Hätte das zwischen uns was geändert? Sag jetzt nicht: Ja!« »Nee, nee,« sä ik: »Alles okay, mach weiter, hört sich süß an, vor allem aus deinem Mund!« Un se schnack wieder, op Bayrisch, un ganz un gar verzaubert hörte ik to. Een Ogenblick later hebbt de beiden denn versöcht, mi een Wort op Bayrisch bitobringen: »Eichhörnchenschwanz« op Hochdütsch, dat is »Kattekersteert« op Plattdütsch un »Oachkatzerlschwoaf« oder so ähnlich op Bayrisch. Ik heff dat nich richtig hinkregen, un all de Bayern ant Lagerfüer lachen mi wat ut.
De Avend weer lang, un wi harrn unsen Spoß. In düsse Nacht harr ik dat erste Mol eene Deern ut

Bayern in mien Bett. Wat schall ik seggen: Dat weer ganz wat anners. Aver eenmolig un wunnerschön. Un den Ehering kunn ik sogor mit een godet Geweten an mien Finger laten.

Dirgie de Timmermann

Üm de Wohrheit to seggen, weer ik nich de erste Fründ vun Birte. Een vun miene Vörgänger weer Dirgie. Dirgie bleev een goden Kumpel. He is een vun unse Truzeugen un Timmermann un Allroundhandwerker.

As Birte mit unse erste Dochter schwanger weer, müssen wi in unse ole Kaat, in de wi darmols leevten, een Zimmer opn Dachböön utbuen. Dirgie wull dat moken un ik schull em hölpen. Vörher weer in unse Giebelwand ganz boben blots een lütten Dachbööunutkiek west. Darför harrn wi nu een grötteret, een richtiget Fenster köfft. Also kloppte Dirgie dat ole Fenster rut un fung an, dat Lock för dat niede Fenster grötter to moken. Ik heff em noch fraagt, ob wi den Sturz nich een beten afstützen wullen, aver Dirgie sä: »Ach, wat, dat höllt! Mook di darüm man keen Kopp!« Un he kloppte wieder.

Mit een Mol fung dat in unsen Giebel an to knakken, un Dirgie sprüng nah achtern, nehm sik gau een vun de orntlichen Dachlatten, steek ehr dörch dat Fensterlock bit in eene Astgabel vun den Boom, de neven de Kaat stünn, drück de Latt ünner den Sturz un leeg se sik op de Schuller. Un he sä to mi: »Matthias, koom her, hool mol mit bi!« Un so stunnen wi un holen unsen Sturz fast, un Dirgie reep: »Birte! Birte! Fahr mal zum Baumarkt und holn Sack Zement!«

Birte is losföhrt un hett Zement holt. Ik heff denn stahn un de Latt holen, un Dirgie hett een nieden Sturz muert, un allens is goot utgahn. Wi kregen een schönet Fenster, un de Trittschalldämmung un de Utgleichsschüttung för den nieden Footböön hebbt wi mit den 1989er Johrgang vun dat Spiegel-Nahrichtenmagazin mookt. Dat weer mol een richtig intellektuellen Utbu, dat kann ik ju vertellen. Un in mien Levensloop kann ik nu mit Recht schrieven, dat ik mol Verleger vun den Spiegel west bün. Rudolf Augstein weer mien Kolleg, darmols.

As allens fardig weer, kunn unse erste Dochter Marie opletzt komen. Dat is nu achtteihn Johr her. De Tiet, de löppt.

Un Dirgie? De hett sik irgendwann mit een Kolleg as Timmermann un Allrounder sölbststännig mookt, in de Neegde vun Rendsborg. Aver wat un wo he ok buut, he hett veel Erfohrung un för den Notfall jümmer een poor orntliche Dachlatten darbi.

Thermodiebstahl

Ik weet nich, wo ju dat geiht, aver bi uns in de Schlopstuuv gifft dat jede Menge Sex and Crime. Naja, Sex gifft dat nich soveel, aver darför ümso mehr Crime. Dat regelmäßigste un häufigste Verbreken in unse Schlopstuuv is de Thermodiebstahl.
Thermodiebstahl is bi uns een fasten Begriff. Wi harrn mol Frünn, dar hett de, de later as de anner int Bett keem, un he weer koolt un wull sik an den annern warm kuscheln, jümmer den Schlachtruf ropen: »Thermodiebstahl!« un de Deek vun den annern hochböört, üm sik rantokrupen. Dat geev denn oftmols Mord un Dootschlag.
Bi Birte un mi, dar gifft dat ok oftins Thermodiebstahl. Aver ik mutt togeven: Ik bün jümmer de Loser. Wenn ik al int Bett ligg un Birte kümmt mit ehre kolen Fööt – se hett jümmer kole Fööt – un se skandeert: »Thermodiebstahl!« un se stickt ehre Iespaddeln in miene Speckfalten, denn geev ik jümmer glieks op, wiel ik weet: Gegen Birte heff ik sowieso keene Chance. Un ik denk: Lever Thermodiebstahl as gar keen Körperkontakt.
Un wenn Birte al int Bett is un ik koom un ik bün koolt un ik denk blots daran, ehre Deek hochtobörn, denn zischt Birte so, as blots se dat kann: »Untersteh dich!« un ik kniep den Steert mang de

Been, geev op un troll mi ünner mien Deek. Un ik nehm mi wedder vör, bi de nächste Werbeverkoops-veranstaltungs-Wi-wüllt-Oma-un-Opa-övern-Disch-trecken-Busreise mit to moken un mi endlich eene elektrische Heizdeek to köpen. Un mien Fru, dat segg ik ju, de dörf dar nich mit rop! Niemals! Dar warr ik hart blieven! Ganz bestimmt! Villich!

De Osterdeko

Miene Familie un ik, wi sünd totale Dekomuffel. Bi uns liggt twors veel Schiet un Dreck in de Ecken rüm, aver dat is echten Schiet un Dreck un keen Deko-Schiet un Deko-Dreck. Vun mi, dat mutt ik togeven, is de meiste Kroom. Ik sammel nu mol CDs un Böker. Aver ik söök se nich darnah ut, ob se goot utseht oder nich.

Mien Mudder hett sik al mol beschwert. Se stünn in de Adventstiet in unse Köök un fragte: »Wo ist denn euer Adventskranz?« »Goh mi af mit den Mist!«, heff ik antert un ehr dat Talglicht op den Kökendisch wiest: »Aver de is för de doden Seelüüd, nich wegen Advent!«, heff ik noch seggt. Un wenn wi avends förn Fernseher sitt un wi seht, wo Tine Wittler mit spitze Fingern den letzten Deko-Serviettenring op den Disch stellt, vör de Familie opletzt nah Huus kümmt un allens endlich wedder verwüsten kann, denn wörr ik an leevsten int Bild lopen un ehr ehre Serviettenringe un de Billerrahmens un de Rosenblöten un de Hängeharten üm de Ohren hauen, bit se winselnd ünner den Barg vun Deko-Mist to liggen kümmt un geloovt, uns fürderhin darmit in Roh to laten.

Wiehnachten is dat bi uns so: An 23. Dezember loop ik los un hool ut Mitleid den lüttsten un scheevsten Boom, den ik kriegen kann. Birte meent twors, de Boom is sowieso doot, de bruukt uns Mitleid nich mehr, aver denn is de Boom even dar; de Kinner schmiet denn een paar Kugeln darin, Talglichter för den Boom hebbt wi al siet Johren nich mehr, wiel wi jümmer vergeet, niede to köpen, un spätestens, aver allerspätestens an 27. Dezember schmiet wi den Boom wedder rut. Wokeen will siene Daag den ok mit een Doden tosamen verbringen? Wenn mol een Kalv doot blifft, denn hool ik dat ja ok nich rin in de Stuuv, un een dodet Kalv is jüst so doot as de Boom.

Nee, wi sünd grote Deko-Muffel, dat segg ik ju. Mit eene Utnahme: Ostern. Wi sünd jümmer de ersten, de de Oster-Deko buten hangen hebbt. Denn vör Johren hebbt wi eenmol Besöök to Ostern hatt, un de hebbt uns een Deko-Osterei mitbröcht. Dat heff ik glieks buten in unsen Weidenboom anbröcht, un dar hangt dat nu. In Sommer, in Harvst, in Winter un int Fröhjohr, to Ostern. Wi sünd jümmer de Ersten. Un, dat kann ik ju vertellen: De Ersten warrt de letzten ween, een goden Dag. Un wenn wi lang noog töövt, un dat doot wi, denn warrt de letzten wedder de ersten ween. Un so wieder, un so fort.

Lingelang

Machmol is dat bi mi so, dat ik för een poor Daag oder Weken so een richtiget Lieblingswort heff, vör allem int Plattdütsche. Denn kann ik knapp een Satz schnacken, ohn düt Wort to seggen. In Ogenblick is dat dat Wort »lingelang«. Dat is dat schönste Wort överhaupt. Lingelang. Mien Mudder seggt dat ok gern. Vör allem in Melkstand. Eegentlich schüllt de Köh dar ja nich schieten, aver se denkt jümmer, dat is dar so schön kachelt, dat mutt dat Schiethuus ween. Machmol schiet de Köh denn op eenen Hupen, dat is dat geringste Übel, aver an leevsten schiet se, wenn se utn Melkstand wedder rut loopt. Denn fangt se ganz achtern an un schiet bit ganz nah vörn eenmol lingelang den Melkstand. Un Mudder mutt denn mit Schlauch allens lingelang wedder wegspölen, un den Rest mutt ik lingelang mit de Schüffel utn Melkstand rutschuben. Un wenn de Köh in Melkstand schiet un se hebbt Dörchfall, denn sünd unse Klamotten lingelang vull mit Kohschiet. Dar much ik de Köh machmol lingelang dat Fell verjakkeln.
So as den Lehrling nülichs. He weer bi to Gülle föhren un harr dat Schott an Güllewogen nich richtig to mookt. So hett he den ganzen Weg vun tohus bit nah de Koppel hin lingelang mit Gülle vullkleckert. He hett sotoseggen Hänsel un Gretel speelt, blots

ohn Gretel, aver mitn Trecker, un ohn Brotkrumen, sünnern mit Gülle. Dat hett den Vördeel, dat de Vogels de Spur för den Trüchweg nich lingelang wegfreten kunnen, un den Nahdeel, dat de Straat lingelang schietig weer. Aver wenigstens hett de Lehrling den Weg nah Hus funnen, eenmol lingelang de Güllespur. Aver liekers hett he Glück hatt un dat geev bald Regen, so dat he nich mitn Bessen lingelang de Straat möss, üm se sauber to moken. Mitn Bessen is de Weg vun tohus bit nah de Koppel hin nämlich recht wiet, lingelang de Güllespur.

Tja, dat Personal. Machmol kann mi dat jüst so op de Nerven gahn as ik ümgekehrt op ehre. Sotoseggen een Mol lingelang de Nerven, vun Synapse to Synapse un ok lingelang wedder trüch. Wo goot, dat dat ok jümmer wedder Situationen gifft, wo ik mi so richtig entspannen kann. Jeden Mondag Avend, wenn miene Leevste vun Sport kümmt, dann massier ik ehren Nacken, ehren Rüch un dat Stück darünner mit Wildrosenöl. Wenn se denn nackig vör mi liggt un mien Fingers wandert lingelang ehren wunnerschönen Rüch, op un daal, op un daal, lingelang, denn vergeet ik allens annere. Denn geiht mi dat richtig goot, vun hoben nah ünnern, vun links nah rechts, eenmol in Kreis un lingelang.

Luxus

Ik find dat goot, dat dat jümmer noch Minschen gifft, de ehre Prinzipien un ehre Grundsätze hebbt, nah de se leven doot.
Ton Bispeel hett mien Broder mol mit een olen Landarbeiter int Krankenhus legen, de weer mit Moped in de Klinik komen, för een lütte Operation. He harr aver twee Mopedhelme mit bröcht, un dat kunn mien Broder nu gar nich verstahn. Woto bröök een Landarbeiter mit Moped twee Helme, üm sien Moped to föhrn? He kunn ja doch blots een opsetten!
Mien Broder leeg neven den Landarbeiter int Naverbett un hett de ganze Tiet daröver nahdacht. Villich harr sien Bettnaver de Hoffnung, nu int Krankenhuus endlich de Fru för't Leven to finnen, un denn kunn he ehr glieks mit nah Hus nehmen, un se wörr sogor een Helm op hebben, un de Putzen kunnen em gar nix! Oder villich harr he Angst, sien Helm kunn kaputt gahn, un för den Fall harr he jümmer een Ersatzhelm darbi. Oder den tweeten Helm hett he gar nich as Helm benutzen wullt, sünnern as Inkööpstasch bummel he an Lenker, un de Arbeiter kunn darbin sien Rundstücken vun Bäcker nah Hus föhren?
So möök mien Broder sik so siene Gedanken, int Krankenhus hett een ja veel Tiet, aver ant End hett

he dat doch nich utholen un hett sien Naver fraagt, worüm he twee Helme darbi harr. Un de anter, as weer dat dat Sölbstverständlichste op de Welt, dat de een Helm för Alldag is un de anner för Sünndag. Un he kunn ja vörher nich weten, ob he alldags oder sünndags wedder ruut keem ut Krankenhuus, also müss he ja wohl oder übel alle beide Helme mitnehmen! Man stell sik blots mol vör, he wörr sünndags rutkomen, harr aver blots den Alldagshelm darbi, denn kunn he ja gar nich nah Hus komen! Tja, wo he recht hett, hett he recht, anter mien Broder dar, un he wüss Bescheed. Un as he mi dat vertellt hett, wat schall ik seggen, mi hett de Geschicht vun den Landarbeiter mit de twee Helme richtig imponiert, un ik bün glieks los lopen un heff mi eene tweete Arbeitswullmütz köfft. Nu heff ik een för Alldag un een för Sünndag. Dat nenn ik Luxus!

De Stammgast

In mien Heimatdörp Stolpe gifft dat al wat länger keen Gasthof mehr. De is afbrennt, un dar, wo he stünn, steiht nu dat eenzige moderne Mehrfamilienhus vun Stolpe. Op Hochdütsch nöömt en dat: »Dorfentwicklung«.
Int Naverdörp aver, dar gifft dat noch een Kröger, bi den en ok ganz goot eten kann. Nülichs weer ik mol dar un wull för mien Fru un mi sölben wat to Eeten holen. So seet ik also an Tresen un töövte op mien Eeten und drunk in de Middewiel een groten Melkkaffee, denn ik bün ja Melkbuer, dar kann ik den Kaffee ja nich schwatt drinken, un neven mi seten de Stammgäste vun den Krog un höllen sik an ehre üblichen Beerbuddeln fast. Dat full mi eerst gar nich op, aver eener fehlte. Schildknecht seet nich dar, een ölleren, eenspännigen Kerdl, de fröher mol Footballtrainer vun mien Broder west weer. De letzten Johren aver seet he de meiste Tiet in Krog un drünk Beer.
Den Dag aver nich, un ik kreeg mit, wo de Kröger ant Telefon över em schnackte. Denn de Kröger möök sik Sorgen. He telefoneer mit de Polizei un sä: »Herr Wachtmeister, das ist jetzt schon der zweite Abend hintereinander, an dem Herr Schildknecht nicht bei mir in der Gaststätte ist. Das ist noch nie vorgekommen! Da ist bestimmt etwas passiert!«

Tja, un wo ik later höört heff, hett de Polizei bi Schildknecht klingelt, un he möök nich open, un de Füerwehr is denn över den Balkon instegen, un Schildknecht seet vörn Fernseher un weer doot. Un dar heff ik dacht: Wo trurig, wenn de Dörpskröger de eenzige is, de di vermissen deit. Aver as ik dar een beten över nahdacht harr, funn ik dat gar nich mehr so schlimm. Wenigstens harr Schildknecht een, de markt hett, dat he nich dar weer. Egol, wokeen dat is, ob Kröger, Postbüdel oder Melkwagenfohrer, de Hauptsaak is, eener vermisst di, wenn du fehlst. Sünst kannst du di glieks ümbringen. Ofschoonst: dat markt denn ja keener. Un dat is ok Mist.

De Verdauung

Nülich harr ik een Optritt irgendwo int Land, un as ik darmit fardig weer, dar keem een Buern nah mi hin. He vertell mi nich, dat he een Buer weer, aver dat wüss ik glieks. Irgendwat in mi hett irgendwat in em kennt un to mi seggt: »Achtung, Artgenosse! Achtung, Artgenosse!« Un as he anfüng to schnakken, dar weer dat richti kloor.
»Eens will ik di mol vertellen!«, sä he, un ik dach: »Oh Gott, wat kümmt denn nu?« He proklamier mit lude Stimm, un em weer ganz egol, ob een anner dat höör oder nich: »Ik heff een würklich regelmäßige Verdauung! Dar kannst de Klock nah stellen! Jeden Dag nah Meddag, Klock Een, gah ik nah Tante Meier!« – he sä tatsächlich »Tante Meier« – »Un denn sett ik mi daal un nehm dien Book to Hand un lees een Geschicht, jümmer blots een Geschicht. Un, wat schall ik seggen, dat klappt ganz wunnerbor! Ik heff dar een Masse Spoß an!« »Danke!«, sä ik, »Dat freut mi, dat ik di behilflich ween kann!« »Jo, aver dat is noch nich allens!«, anter he, »Son Book vun di hett villich dörtig oder fiefundörtig Geschichten! Dat sünd man allerhöchstens fief Weken Stoff to Lesen, un denn is dat Book all, un ik heff nix mehr to Lesen opn Lokus! Un denn sitt ik dar un kiek in de Weltgeschichte! Tscha, ik wull di blots mol seggen, dat du een beten gauer schrieven

musst! Een Book in Moont, dat weer ideal!« Un he dreih sik üm un güng weg, un ik wüss nich, wat ik antern schull.

Ik keek em achteran un schüddel den Kopp. So fix geiht dat nich, dach ik. Ik will mi Möög geven, aver dat is nu mol so. Schrieven duert länger as lesen un schieten!

Vadder sien Krückstock

Mien Vadder weer een Kerdl int beste Öller, as ik een Jung weer. He kunn richtig flink lopen, wenn dat not dä. Liekers harr he op de Koppel jümmer een Krückstock darbi, een ganz eenfachet Modell, mit een halfrunden Griff ant End.
Lange Tiet heff ik dat nich begrepen, wat dat mit den Krückstock op sik harr. So olt weer Vadder doch noch gar nich. Woto bröök he een Krückstock? Un ik fragte em darna. He anter: »Dat warrst du noch sehn, woto de Krückstock goot is. Un denn warrst du ok een bi di hebben, op de Koppel.«
Un denn weern Vadder un ik dat erste Mol tosamen op de Koppel int Moor, üm eene Stark intofangen, de sik nich infangen laten wull. Wi harrn ehr in de Eck, eener stünn an de Siet, eener an ehren Mors, aver se dreih jümmer den Kopp weg, as Vadder ehr een Strickhalfter moken wull. Dar schmeet he den Strick mit de Schlööf eenfach üm ehren Hals, nöhm sienen Krückstock, dreih em üm un angel mit den Griff nah de Schlööf. Zack, harr he ehr een Reep üm den Hals un tüdel em an Pahl fast. Un ik keek em to un ik wüss, worüm he den Krückstock bi sik harr.
Nu is Vadder olt; he kümmt nich mehr mit int Moor, üm Starken intofangen. Aver ik weer bi em in de Lehr. Nu bün ik een Kerdl int beste Öller;

ik kann noch richtig flink lopen, wenn dat not deiht. Liekers heff ik op de Koppel jümmer een Krückstock darbi, een ganz eenfachet Modell, mit een halfrunden Griff ant End. Un ik weet woför.

Buer spelen

Mien Öllern de hebbt all beid ehr ganzes Leven lang arbeit, hart arbeit. Denn as Buern in de tweete Hälfte vunt letzte Johrhunnert, dat weer de meiste Tiet noch echte Knokenarbeit, de mit de Johren ok orntlich vun Mudder un Vadder ehr Gesundheit schleden hett. Liekers, wenn mien Öllern vun sölbstännige landwirtschaftliche Arbeit schnackt, denn seggt se darto jümmer »Buer spelen«. Wiss, all de lütten Jungs – vör allem de Jungs – wüllt jümmer op den Trecker mitföhrn, un jeder hett ganz fröh in siene Kinnertiet een Speeltüchtrecker hatt un darmit speelt. Ik glööv, een vun unse Jungs, bi den weer dat drütte Wort, dat he lehrt hett, »Trecker«. »Mama, Papa, Trecker.« So lehrt de Buerngören schnacken. Oder: »Mama. Trecker. Radlader.« Oder: »Trecker. Radlader. Maishäcksler.« Ohn Mama. En mutt Prioritäten setten.

Aver »Buer spelen« as Utdruck för unsen Beruf? As weer dat allens blots een Speel un keen echte Arbeit? Düsset Begriffspaar gifft dat bi mien Öllern ok för keen annern Beruf. Se seggt nich: »Bäcker spelen« oder »Discher spelen« oder »Muermann spelen«, nee, se seggt blots »Buer spelen«.

Ik mutt denn jümmer an miene Tiet as Zivi in de Kita denken, wo ik as Betreuer vun de Gören insett weer. Eenmol vertell mi een Jung ut de Kita, dat sien

Vadder jümmer morgens fröh nah Kiel to Arbeit föhren dä un erst ganz laat an Avend wedder keem. Un denn fragte he mi, worüm ik eegentlich nich arbeiden dä so as sien Vadder, worüm weer ik denn wohl den leven langen Dag in de Kita un speel mit de Kinner, ob ik wohl nix to doon harr? Ik möss lachen. Ik heff woll so unopfällig arbeit, dat de Kinner dar nix vun mitkregen hebbt. Aver irgendwann harr ik mi utspeelt in de Kita, un denn bün ik nah Hus op den Hof gahn un heff anfungen, Buer to spelen. Dat do ik nu al siet dörteihn Johren, un dat is mi noch nich langwielig worrn. Dat is ja ok jümmer wedder niet, dar kümmt jümmer wat dartwüschen, dat gifft niede Gesetze un Richtlinien un Subventionsandräg, un jümmer wedder geiht wat kaputt. Machmol geiht mi dat orntlich op de Nerven, vör allem, wenn ik faststellen mutt, dat 365 Daag int Johr twee mol an Dag sösstig Köh melken nich utlangt, üm een grote Familie dörch to bringen. Denn will ik mi machmol int Moor leggen un töven, bit ik eene Moorliek bün, so dat se mi nah Gottorf bringen un in Glaskasten packen köönt. Oder ik mutt dat opschrieven un den Frust mol rutlaten.

»Buer spelen«, ik glööv, dat is een goden Utdruck. Ik meen, wenn du speelst, dar gifft dat ok jümmer wat to argern. Dat eene bekannte Speel heet »Mensch, ärgere dich nicht!«, aver ik kann mi goot besinnen, wo ik as Jung ut Frust dat Speelbrett öfter mol vun Disch trocken un in de Eck ballert heff. Liekers heff ik bit nächste Mol ok wedder mitspeelt. Villich wörr ik denn ja mol gewinnen, un de annern mössen sik to Afwechslung mol nich argern.

So is dat mit dat Buer spelen ok. Mol verleerst du – wenn du Heu moken wist un dat Weder schleit üm – mol gewinnst du – wenn du Heu moken wist un dat klappt un du hest den Böön vull mit dat duftigste Heu vun de ganze Welt. Jedeen Morgen, jedeen Dag geiht dat vun vörn los, un du weest nich genau, wat kümmt. Machmol langst du merrn in de Schiet, machmol aver ok jüst darneven. Un dat is de Reiz darbi.
Ok wenn dat machmol hart is: Buer spelen mookt Spoß! Un wenn en jüst een schlechten Dag hett un dat is allens düster un gries un hoffnungslos – en bruukt sik dat blots jümmer wedder vörtoseggen, jümmer dütlicher, jümmer dringlicher un jümmer luder: Buer spelen mookt Spoß! Buer spelen mookt Spoß! Buer spelen mookt Spoß! BUER SPELEN MOOKT SPOSS! – denn glöövt en dat ant End sogor sölbst!

Ole un junge Buern

Dat gifft een Spruch, den heff ik bitherto jümmer blots vun ole Buern höört, nie nich vun junge. Un de Spruch geiht so: »Eerst mütt de Olen opbruukt warrn, vör man de Jungen anbreken kann.« Dat hett jümmer een Kolleg vun mien Vadder seggt, ok een olen Buern, de hett arbeit, so lang as he kunn, un as he nich mehr kunn, dar bleev he forts doot. Un mien Vadder sä denn: »Jojo, so is dat! Eerst mütt de Olen …« un so wieder, un so fort.
Aver dat is blots de halve Wahrheit, denn de Jungen sünd fröher op den Buernhof ok fröh anbroken worrn, machmol so fröh, dat se al allerbest Trecker föhren kunnen, vör se lesen un schrieven lehrt hebbt. Un machmol föhren se so goot Trecker un kunnen so goot arbeiten, de hebbt soveel arbeit op den Hof, dat se nie nich richti lesen un schrieven lehrt hebbt. Ok dat gifft dat.
Een Buer ut Naverdörp, dar hett de Olendeeler ok noch jümmer Trecker föhrt, as he al över achtig weer. He seet so lütt un verhutzelt achtert Stüer; he weer meist gar nich to sehen. Un ik glööv, he harr dat Gespann ok nich mehr richtig in Griff, aver de Jung harr wohl seggt: »Solang de Ole alleen op den Trecker rop kümmt, kann he ok föhren!« Irgendwann is de Ole nich mehr föhrt. Wahrschienlich is he nich mehr ropkomen.

Den richtigen Tietpunkt to finden, üm optoholen, dat is – glööv ik – richtig schwor. Bi mien Vadder weer dat letzt Johr sowiet. He wull noch so gern Heu pressen, un he is ok noch ropkomen op den Trecker, aver as he fardig weer, dar weer he so stief, dar keem he nich mehr rünner! Dar wüssen wi beide, dat de Tiet komen weer.

In de Daag darnah möss Vadder mi nochmol inwiesen in de Press, darmit harr ik över twintig Johr nich arbeit, dat weer sien Metier west in all de Johren, un as wi dar so stunnen un he verklor mi allens, dar wüssen wi beide, dat dat nu de letzte Rest vun de Hofövergabe weer, twölf Johren nah den eegentlichen Termin. Vadder weer trurig. As ik bit Strohpressen weer, een paar Weken later, weer he int Huus so wunnerlich un unruhig. Jümmerlos hett he mi anropen un fragt, wo wiet wi weern un ob allens klappt un ob nix kaputt is un un un...

Vadder hett darnah noch een paar Weken molken un is denn krank worrn. Dat hett lang duert, aver he is den Düvel noch mol vun de Schüffel sprungen. Nu is he mit een Mol een richtig olen Mann. Sien Melkerschört un sien Melkermütz, beide noch vull mit Schiet vun den letzten Insatz, hangt noch vör den Melkstand, aver ik glööv nich, dat Vadder se noch mol bruken warrt.

In mien Vadder steekt, jüst so as in all de annern olen Buern, de ole bäuerliche Arbeitsethos binnen, un de heet: »Du büst blots wat wert, wenn du ok arbeiden kannst.« Dat is Quatsch, un dat is Wahnsinn, aver so föhlt sik de olen Buern.

Mien Vadder is nu olt. He kann nich mehr arbeiden.

Ik weet dat. Ik find dat schaad, aver ik kann darmit leven. He is deswegen nich weniger wert. Ik hoff blots för mien Vadder, dat he dat ok bald begriepen deiht. Dat warrt nich eenfach för em. Aver he mutt dar dörch. Nützt ja nix.

De Pandbuddelschreck vun Stolpe

Mien Mudder föhrt noch düchtich Auto. Op de Bundesstraat meist to langsam, int Dörp meist een beten to flink. Wiel se jümmer son grasgrönet Auto harr, hett se bit letztet Johr bi veele Lüüd blots »De gröne Blitz vun Stolpe« heten. Aver denn hebbt se bi Carsten op Dack eene Fotovoltaikanlaag buut, un dar möss se int Vörbiföhren ja mol een beten kieken. Carsten sien Hof liggt aver in eene Kurv, un dar keem Meister Johannsen mit sien Pritschenwagen üm de Eck. Wat schall ik seggen – de Pritsch weer härter as de gröne Blitz. Mudder steeg eerstmol ut un fragte Meister Johannsen: »Wat mookt de dar bi Carsten op Dack?« Dat ehr Auto kaputt weer, keem ehr dar noch recht tweetrangig vör. In de Week darna möss ik mit Vadder los, een anner Auto köpen. Sietdem is Mudder de silberne Blitz.
Aver blots int Dörp. Op de Bundesstraat is se de silberne Schneck. Dar föhrt se nämlich jümmer recht sinnig, darmit se vunt Auto ut kieken kann, ob dar een Pandbuddel in Stratengraven liggt. Denn pedd se op de Brems, rechts ran, utstiegen, Pandbuddel opsammeln, un wedder wat verdeent! Dar hett sik al manch een normalen Autofohrer orntlich verfährt, wenn he achter Mudder ünnerwegens weer.
Pandbuddeln, dat is sone Ort Hobby vun Mudder.

Oh, se kann recht füünsch warrn, wenn ehr mol een Buddel afhannen kümmt. Se gifft gern een ut, un ok de Handwerkers, wenn se mol welk dar hett, dörpt gern Beer drinken, aver de Buddel mit rut nehmen un nich wedder bringen, dat mag Mudder gar nich. Son lerdigen Kasten Beer, un denn fehlt dar een poor Buddeln, dat geiht nich. »Wo süht dat ut, wenn dar so Löcker in Kasten sünd? Dat mag ik nich lieden! Dar schoom ik mi ja, wenn ik de nah den Automaten hinbringen schall!«, seggt Mudder denn. Un wenn se den Handwerker dat nächste Mol dröppt, denn quakt se em an: »Ik krieg noch een lerdige Buddel Beer vun di!«

Tja, so hett jedeen siene Macken. Mudder hett eene Pandbuddelmacke. Un, wo dat machmol so is, de Appel fallt nich wiet vun Stamm. Mit Mudder ehr Pandbuddelsammeln an de Bundesstraat, dat hett toletzt böös nahlaten. Mudder is 76 Johr olt, dat Ut-Auto-rut-in-Graven-rin-Buddel-op-sammeln-un-wedder-trüch-int-Auto fallt ehr jümmer schworer, un se lett dat nah. So kümmt dat, dat sik in Graven an de Bundesstraat nu al een orntliche Menge Pandbuddels ansammelt hebbt. Un, weet ji wat, ik bün nülichs tatsächlich anholen un heff Buddeln sammelt. Een Euro, 14 Cent. Dat heff ik Mudder glieks vertellt, un se weer een beten stolt op mi. Se heel den Finger hoch un sä: »Ja, so is dat: Wer den Penning nich ehrt, is de Mark nich wert!«

Machmol denk ik nu aver, Mudder fehlt de Erfolgserlebnisse vunt Pandbuddelsöken un – finnen son beten. Machmol warrt se son beten gnatterig. Villich hangt dat darmit tosamen, dat se blots noch selten mol eene herrenlose Pandbuddel find. Aver ik weet, wodenni ik ehr hölpen kann. In August warr ik mit ehr an den letzten Dag vunt Festival nah Wacken föhren, Pandbuddeln sammeln. Ik bün mi seker: För Mudder is dat dat Paradies.

Vadder

Erst nahdem he mi dat erste Mol in sien Radio hört harr, dar hett mien Vadder begrepen, dat dat nich allens Schiet un Dreck ween kann, wat ik so opschrieven do. Un denn duer dat nich lang, dar keem he mit een lütten Zettel mit Notizen, un he wull, dat ik dat för em tosamen schrieven schull. So as fröher, as he Bürgermeister weer, dar schull ik em ok machmol eene Reed för een golden Hochtiet oder so trecht schrieven. Dat heff ik denn ok doon. Meist heff ik jümmer een Schwachsinnssatz darbin versteken. Ik weer ja nie darbi, wenn Vadder de Reden holen hett, aver anschnackt hett he mi nie darop, dat ik wat Verkehrtes schreven harr. Hett wohl keen Tohörer markt, un de Vörleser ok nich.

Op den Zettel, den Vadder mi nu geven harr, stünn wat vun den Plog. De Plog weer jümmer Vadders leevste Landmaschien. An em is een Ackerbuern verloren gahn. Eegentlich, so hett he mi mol vertellt, wull Vadder Schlosser warrn. Opn Schoolweg keem he jümmer an de Schmeed vörbi, un dar hett he den Groffschmitt mit sien Ledderschört jümmer tokeken un wull dat ok moken. Aver sien lütten Broder schull keen Buer warrn, he, mien Vadder, schull Buer warrn. Un so is he Buer worrn. Kohbuer. Unsen Hof weer jümmer to lütt, üm een Utkomen för een Ackerbuern to erwirtschaften. Liekers, op de paar Hektar Acker hett mien Vadder veel un erfolgreich arbeit. Sien Een un Allet weer de Plog. Un Vadder kunn goot plögen! Grad lingelang de Koppel, dar kunnst an lang scheiten! Un jede Koppel möss plöögt warrn, jedet Johr. Wo oft hett Vadder fröher de Nacht dörchplöögt, un dat nich opn warmen Trecker, in de Kabin mit Radio un Klima un Luftfellersitz, nee, so, ohn Verdeck, in de Küll un den Larm un op den utschlagen Fellersitz, de jümmer so fürchterlich quietschen dä! Vadder weer würklich wedergegerbt darmols. Iesenhart, so as de Plog.

Tja, un nu is Vadder olt un krank un kann nich mehr plögen. Un ik bün Kohbuer, keen Ackerbuer. Unsen Plog steiht meistiets arbeitslos rüm. Vadder hett Mitleid mit em. Un wenn ik mien beten Acker för dat Kohfudder bestellen do, eenfach mit de Schiebenegg daröver weg, denn mag Vadder dat gar nich lieden. Un he seggt: »Man kann nich sehn, wo lang du op de Koppel arbeit hest. Aver man kann lang sehen, wodenni du op de Koppel arbeit hest!« As Vadder dat seggt harr, dar möss ik an dat ole Foto denken. Dat weer Anfang vun de 90er Johren, dar föhr bi uns een Kerdl ut Österreich opn Hof. He harr een olet Archiv mit Luftbiller vun uns Dörp opköfft, Biller vun 1953, un he pack de Biller ut op unsen Kökendisch un wull vun uns weten, wo welke Hööf weern. Vadder kunn dat allens toordnen. Un denn keem dat Bild vun unsen Hof. All de Lüüd staht un kiekt nah boben. Darmols keek noch jedeen bi een Fleger nah boben, un manch eener harr villich noch Angst. Mien Opa steiht in Goorn; he is nu all siet 24 Johren doot. Un Vadder un Erich, darmols Navers un 19 un 21 Johren olt, sünd hüüt jümmer noch Navers un beide mitn Rollator ünnerwegens. So löppt de Tiet.

Darmols, mit den Österreicher in unse Köök, dar keek Vadder op dat Bild un sä: »Süh, dat weer dat Johr, wo ik de Drillkoor vun Klebow utlehnt harr. Ik wüss dar nich recht mit üm, un eenmol heff ik se nich daal laten, dar weer denn een Striepen nich beseiht! Un dat sühst du hier!« Un he wies mit sien dicken Buernfinger op den eenen Acker in Achtergrund vun dat Foto. Tatsächlich, dat weer dütlich un kloor: Een Seihfehler op Vadder sien Koppel.

Tja, dat is wohl, as Vadder dat seggt: »Man kann nich sehn, wo lang du op de Koppel arbeit hest. Aver man kann lang sehn, wodenni du op de Koppel arbeit hest!« De Seihfehler is nämlich jümmer noch op dat Bild, siet 58 Johren …

www.quickborn-verlag.de

Wer glaubt auf dem Lande oder auf einem Bauernhof ginge es langweilig zu, der wird von Matthias Stührwoldt eines Besseren belehrt!

96 Seiten, broschiert
ISBN 978-3-87651-350-8
oder als Live-Mitschnitt einer Lesung
ISBN 978-3-87651-361-4
Erhältlich überall wo es Bücher gibt.